AF311753

CLARISSE HARLOVE,

DRAME

EN TROIS ACTES

ET EN PROSE.

A PARIS,

DE L'IMPRIMERIE DE MONSIEUR,

Et se trouve,

Chez NÉE DE LA ROCHELLE, Libraire, rue du Harepoix, près du Pont Saint-Michel, no. 13.

M. DCC. LXXXVI.

AVEC APPROBATION ET PRIVILÉGE DU ROI.

PRÉFACE.

Il n'y a personne en France qui ne connoisse le Roman de Clarisse. Cet ouvrage de l'Anglois Richardson (1), offre au lecteur une morale pure, des caractéres presque toujours vrais, soutenus par une infinité de détails d'autant plus précieux, qu'ils nous donnent le tableau des différentes scènes de la vie humaine. Les passions y sont développées avec une énergie inconcevable, et il est presque impossible,

(1) Samuel Richardson a fait le commerce de la librairie à Londres, et n'en fut pas moins estimé. Dès 1739 il avoit une imprimerie, et dans ses momens de loisir, il composa les Romans fameux qui ont fait sa réputation. On a peu de détails sur sa vie dans les Auteurs françois, quoique cet homme célèbre soit aussi connu en France que dans son pays natal. Il s'étoit livré, dit-on, pendant quelques années, à la société; mais il y parloit peu, sans doute parce qu'il observoit beaucoup; ce qui se prouve par ses Ouvrages. Les moralistes et le cœur humain auront été sa principale étude. Il y en a de plus lucrative, mais en est-il de plus intéressante? Richardson existoit encore vers 1763; car c'est en cette année que le Docteur Young lui adressa ses *Conjectures sur la Composition Originale*, dans lesquelles il rend un juste hommage à la modestie de son ami; mais il mourut en 1764, s'il est vrai, comme l'a dit M. Le Tourneur, qu'Young ne publia son Poëme intitulé *la Résignation*, qu'un an avant de

en lisant Clarisse, de ne pas adorer ses vertus. On prend parti pour elle contre ceux qui l'ont persécutée : ses malheurs arrachent des larmes. Eh ! qui n'a pas vingt fois maudit le brave, le charmant, mais ténébreux Lovelace, et n'auroit pas souhaité d'être Belford ? Pour moi, j'ai goûté un plaisir inexprimable, quoique souvent mêlé d'indignation, pendant la lecture de ce Roman. La nuit je ne rêvois que de Clarisse, et de tous ceux qui l'entouroient. Je voyois en songe la tendre, mais trop foible Milady Harlove, tourmentée par les

____

décéder lui-même. Or Young ayant cessé de vivre le 12 avril 1765, le Poëme de la Résignation aura été publié en 1764, et déja il y déploroit en ces termes la mort récente de son ami : » O Richardson, depuis long-temps chéri de moi !... mais je » me suis défendu le chagrin et les pleurs.... Ah ! puis-je étouffer » mes soupirs en perdant un tel ami ? Grand Dieu ! secours ma » foiblesse, et que cette larme qui tombe épuise toute ma dou- » leur. Hélas ! combien de fois il m'a consolé dans mes chagrins ! » combien de fois son génie éclaira mes écrits, et sut embellir » jusqu'à mes fautes ! Qui connut mieux que lui l'art d'émouvoir » nos passions, et de lire dans l'ame des belles ? La nature lui » fit don à sa naissance de la clef du cœur humain ;... mais » je ne le crois point perdu pour moi. Des mondes éloignés qui » nous séparent, nous nous entendons encore.«... Voyez les Œuvres d'Young, traduites par M. Le Tourneur.

égards qu'elle devoit à son mari , à sa famille ; combattue par tous les sentimens de la nature et de la maternité, livrer enfin la victime qu'on lui demandoit. J'encourageois la nourrice Norton , la bonne tante Hervey , lorsqu'elles parloient en faveur de Clarisse. J'allois chercher les lettres de l'aimable Miss Howe ; je dénonçois à tous les cœurs honnêtes le traitre Lehman , l'effronté Lovelace , et tous les obstinés Harloves. Toutes les actions des personnages de ce livre me sont restées gravées dans la mémoire, et sans doute pour long-temps.

Je ne fus pas moins frappé de ce que dit l'auteur de l'Eloge de Richardson, que *Paméla , Clarisse et Grandisson sont trois grands DRAMES.* Peut-être a-t-il puisé cette idée dans la lettre 323 du Roman de Clarisse , où Belford , c'est-à-dire , l'auteur lui-même , réfléchissant sur le sort de cette victime de la vertu , s'écrie avec vérité : *Quel sujet entre les mains d'un grand Maître pour une*

excellente TRAGÉDIE ! Ne m'accusera-
t-on pas de témérité, si je dis que cette
expression me semble trop forte ? Je
sais que les situations tragiques abon-
dent dans les Romans de Richardson ;
mais comme le comique s'y trouve fré-
quemment, j'ai cru qu'il falloit prendre au mot l'auteur de l'Eloge cité ci-
dessus, puisqu'il revient encore à ce
sentiment dans un autre ouvrage (1).
On verra si j'ai eu tort de me fixer à
son avis.

En effet, lorsqu'une pièce ne peut
être composée de scènes purement sérieuses et pathétiques, et que par la
nature du sujet, le comique vient un
peu s'y mêler, c'est alors qu'il est con-
venable d'adopter le genre qui tient le
milieu entre la Comédie et la Tragédie, et auquel dans ce siècle on a
donné le nom de DRAME (2). Ce genre

____

(1) Voyez, à la suite du *Père de Famille*, Drame de Diderot,
ses observations sur le Théâtre ; voyez aussi son Eloge de Richardson, dont la structure et le style suffisent pour dévoiler
l'auteur, quoiqu'il ait gardé l'anonyme.

(2) Voyez l'Abbé Des Fontaines, dans ses Observations sur

a sans doute été trop décrié par quelques littérateurs, puisqu'il est aussi propre que la Tragédie à remuer fortement les passions, à mettre la morale sur le théâtre, et qu'il peut, comme la Comédie, nous offrir la peinture des mœurs de la vie privée. J'oserai même dire qu'il seroit plus susceptible que celle-ci de cette perfection morale, qui feroit cesser les déclamations des rigoristes contre le danger de conduire la jeunesse au spectacle. Voltaire, cet homme si justement célèbre, a dit, (1)

---

les Ecrits modernes, tome 25, p. 25, où il dit : » Mais pourquoi » n'employons-nous pas pour ces sortes de pièces, qui ne sont » ni tragiques, ni comiques, et qui sont néanmoins théâtrales, » un mot qui est dans notre langue, et que nous avons em- » prunté des anciens ? c'est le mot DRAME. « Je cite ce passage d'après la Préface sur les Œuvres de la Chaussée, composée par M. Sablier, auteur des Variétés sérieuses et amusantes.

(1) Voyez la Poétique tirée de ses écrits, pages 178, 191, 288, 377, 389. On peut la consulter pour tout ce que j'ai souligné ci-dessus. Fréron, dont les opinions littéraires différoient presque toujours de celles de Voltaire, est sur ce point d'accord avec ce grand homme. On a reproduit dans la préface des Œuvres de la Chaussée, un passage assez long de l'Année Littéraire, contre un M. de Chassiron, le plus grand antagoniste de la Comédie larmoyante, c'est-à-dire, des Drames.

et avec raison, *qu'une pièce de théâtre est une expérience sur le cœur humain ; et malgré* ses nombreux succès dans la carrière tragique, il avoue que le *genre mitoyen*, qu'on appeloit autrefois Comédie Héroïque, *peut avoir ses beautés. Il y a*, ajoute-t-il, *beaucoup de bonnes pièces où il ne règne que de la gaieté ; d'autres toutes sérieuses, d'autres mélangées, d'autres où l'attendrissement va jusqu'aux larmes. Il ne faut donner l'exclusion à aucun genre ; tous sont bons, hors le genre ennuyeux ; et si l'on me demandoit lequel est le meilleur, je répondrois, celui qui est le mieux traité.* Cette impartialité peu commune dans un homme de lettres, ne surprend pas dans Voltaire. Chez lui la philosophie, jointe au vrai talent et à l'expérience, tendoit toujours à encourager les arts ainsi que les artistes ; et son amour pour l'humanité se montroit jusques dans ses dissertations purement littéraires. *Si le peuple assistoit à des spectacles honnêtes, il y auroit bien moins d'ames grossières et dures.* Cette dernière réflexion de cet auteur justifie ce que j'en dis, et peut s'appliquer au Drame, dont le but est toujours moral, et tend à combattre quelque vice, ou à déraciner quelques préjugés dont la Comédie ni la Tragédie n'ont point encore eu la force de nous délivrer. La question sur les Drames paroît donc décidée, et le théâtre comporte trois genres principaux et bien distincts de compositions ou de poèmes.

Le *premier*, c'est la COMÉDIE ; et il tient avec d'autant plus de raison le premier rang , qu'il s'approche plus près de la nature, qui, par une sage prévoyance, nous donna la gaieté pour contrepoids de tous nos maux.

Le *second* est la TRAGÉDIE. On lui a réservé les sujets sérieux, les passions héroïques, et tout ce qui demande une exposition imposante et majestueuse sur le théâtre.

Le DRAME sera donc le *troisième genre* ; et comme il participe des deux premiers, il est probable que si on l'avoit fixé plus tôt, on n'auroit point entendu parler de *Comédies héroïques*, de *Comédies larmoyantes*, ni de *Tragédies bourgeoises*, puisqu'elles s'y classent très - naturel-lement.

C'est dans ce genre que je dois pla-cer CLARISSE; car elle ne peut four-nir le sujet d'une Tragédie véritable. En effet le rôle de Lovelace appartient presque en entier à la Comédie, sans parler de plusieurs autres qui viennent se lier au sien. J'ignore si quelqu'un en Angleterre a tenté de transporter au théâtre ce Roman de Richardson; mais je puis assurer que personne en France ne s'en est entièrement emparé. On a bien vu quelques Lovelaces pa-roître au théâtre sous d'autres noms; mais Clarisse! elle étoit trop sérieuse pour oser s'y montrer avec l'appareil austère de toute sa vertu. Richardson néanmoins avoit annoncé son Roman comme pouvant donner un excellent canevas à remplir. Cet abandon pa-roîtra singulier dans ce siècle, où les auteurs les plus capables d'inventer, et les moins paresseux, aiment assez à profiter des idées d'autrui. Des raisons de prudence auront peut-être retenu les plus pressés ; et le peu de succès de PAMÉLA (1) doit avoir fait redouter l'auteur anglois comme un prêteur malencontreux.

Le Roman de Clarisse ne pouvoit être aussi ingrat que celui de Paméla. Les scènes en sont plus vives et plus pressées, les situations plus déchirantes ; et l'intrigue, quoique plus compliquée, donne un dénouement bien plus intéressant. La vertu de Clarisse triomphe aussi, mais, après quelles épreuves ! avec quel héroïsme ! et son rôle est plus fait pour le théâtre que celui de Paméla. Celle-ci réformoit son Milord, et devenoit heureuse avec lui. Je doute que Clarisse eût jamais pu

____

(1) La Paméla de la Chaussée a été représentée le 6 décembre 1743, suivant la Bibliothèque du Théâtre François, tome 3, p. 177. L'auteur de la Préface sur les Œuvres de la Chaussée dit que cette pièce fut jouée en novembre 1743, et retirée dès la première représentation. Goldoni, qui a traité le même sujet, fut plus heureux sur le théâtre de Mantoue en 1750.

prétendre au bonheur avec un libertin profond et consommé comme étoît Lovelace. Elle devoit finir par être convaincue de l'inutilité de ses espérances sur son retour à la vertu, et la grandeur des offenses qu'elle en avoit reçues, ne pouvoit que la conduire au tombeau. Lovelace a dû trouver dans son caractère ardent et fougueux la punition morale et publique de ses forfaits; d'abord par l'amour véritable qu'il ressentoit pour Clarisse, mais dont il ne connut toute la force, que quand la mort l'eut séparé pour jamais de cette fille incomparable; ensuite par la juste vengeance que le Colonel Morden a tirée d'un homme qui bravoit encore les Harloves, après avoir causé la perte de leur fille chérie. On ne peut soutenir l'idée des crimes dont elle fut le motif et l'objet; et la société devroit se liguer contre un monstre aussi dangereux que seroit un Lovelace, s'il existoit ainsi qu'on l'a prétendu.

J'ai tiré du Roman de Clarisse tout

ce qui m'a semblé pouvoir se fondre dans le Drame que je publie, et j'ai mis en action ce qui s'y trouve noyé dans un très-long récit. Par la forme de mon ouvrage, je me suis vu forcé de passer en silence plusieurs des belles scènes de Richardson. Combien je les regrette pour les excellentes leçons qu'elles contiennent! combien y en a-t-il aussi que j'abandonne volontiers! celles sur-tout qui n'avoient été composées qu'en faveur de la nation Angloise, dont les goûts ne sont pas toujours conformes aux nôtres.

Mon but a été de faire sentir aux jeunes personnes, que la désobéissance à leurs parens, et les démarches imprudentes qui en deviennent la suite, les exposent aux épreuves les plus humiliantes pour la vertu ; et qu'en fait de mariage, il n'y a point à balancer entre un homme peu aimable, mais honnête et vertueux, et le plus charmant libertin. Puisse ce Drame faire aussi quelque impression sur ces pa-

rens dénaturés qui sacrifient leurs en-
fans à des intérêts ambitieux ; et sous
prétexte d'un riche établissement, les
dévouent à l'ennui et au malheur pendant la durée d'une union mal assortie!

Quel bonheur pour moi, si j'ai pu
conserver CLARISSE digne, par ses vertus, de son auteur! si j'ai su rapprocher
ses malheurs sans les rendre ou in-
croyables, ou ridicules! si j'ai peint
Lovelace, Belford, Morden et la Sainclair sous les traits qui seuls pouvoient
leur convenir ! si les sentimens divers
que je leur ai donnés, n'ont rien de
gigantesque et d'outré! si le plan, les
actes et les scènes de ce Drame sont
distribués suivant les règles de l'art et
de la raison! Enfin, si dans l'état où
je le livre, il reçoit quelque accueil,
graces t'en soient rendues, ô grand
Richardson! comme à son seul auteur.
Reconnois-y tes idées, tes crayons, tes
pinceaux, tes sentimens, tes discours,
et le même but moral que celui de ta
Clarisse Angloise : car, excepté mes
fautes, j'ai tout emprunté de toi.

ACTEURS.

CLARISSE : ce rôle sera joué par une actrice jeune, et d'une figure intéressante. Son vêtement doit être simple et noble : une robe de satin blanc, faite à l'angloise, paroît lui convenir. Beaucoup de naturel, une sensibilité exquise, un air de dignité, de franche vertu, et une grande force de caractère doivent briller dans ce rôle.

LOVELACE, amant de Clarisse : ce rôle doit être joué par un jeune homme de belle taille et d'une figure heureuse. Il sera vêtu richement, mais avec goût et noblesse. L'audace, la présomption, l'esprit d'intrigue joint à beaucoup de bravoure, la profondeur et l'élévation de sentimens, peuvent le caractériser.

BELFORD, ami de Lovelace : il ne faut point une physionomie basse pour ce rôle. Le costume de cet acteur sera moins riche que celui de Lovelace, mais décent, et marquera l'homme de goût. La générosité, la sensibilité et l'élévation dans les sentimens lui conviennent.

Madame SAINCLAIR : quarante ans, de la hardiesse dans les traits, un faux air de réforme, sont nécessaires pour ce rôle.

POLLY, } filles de Mlle. Sainclair : un peu de coquetterie
SALLY, } et l'air décidé.

Madame SMITH : elle doit annoncer la bonté et la modestie. Il lui faudroit un peu de toilette, en sa qualité de parfumeuse.

Le Colonel MORDEN, cousin et tuteur de Clarisse : il sera en habit militaire, riche et apparent. Ce doit être un homme fait, d'une belle taille, avec un air d'assurance et de flegme anglois.

WILL, valet-de-chambre de Lovelace : l'air qui convient au laquais d'un petit-maître.

DORCAS, suivante de Clarisse. Il lui faut un peu de toilette, et un certain air de fausseté.

MABEL, suivante de Madame Sainclair et de ses filles. Elle aura, s'il est possible, un peu de naïveté.

Une Servante de Madame Smith : muette.

Ce Drame étant coupé par de fréquentes parenthèses, il n'est pas inutile d'avertir les personnes qui ne se proposent pas d'en répéter un rôle, de passer ce qu'elles renferment, sur-tout dans les dernières scènes, où l'intérêt étant plus rapide, perd infiniment lorsqu'on retarde l'effet qu'il doit produire sur l'imagination du lecteur.

Si par hasard ce Drame étoit joué sur quelque théâtre, l'Auteur invite les Acteurs à consulter ces parenthèses, car il y a déposé les idées qui l'ont affecté pendant la composition de son Drame.

CLARISSE

CLARISSE HARLOVE,

DRAME.

ACTE PREMIER.

La Scène est à Londres, au logis de la veuve Sainclair.
L'appartement de Clarisse sera d'un côté du théâtre;
et celui de Lovelace de l'autre côté. Un sallon commun, très-orné, les sépare, et c'est l'endroit de la
scène. On doit y trouver des fauteuils, une table
garnie de tout ce qu'il faut pour écrire, et deux
malles adossées à l'appartement de Clarisse.

SCÈNE PREMIÈRE.

BELFORD, LOVELACE.

BELFORD entre et vient frapper à la porte de Lovelace.

QUE je vais le surprendre!... (Il frappe encore.)

LOVELACE ouvrant.

Te voilà, cher Belford ! comme moi tu ne
dors guères, car je te vois aujourd'hui de bon
matin.

BELFORD.

J'ai une fâcheuse nouvelle à t'annoncer ; notre

A

ami Belton se meurt. Il aimoit vraiment sa Nancy ; mais cette fille lui a fait une infidélité, la tête lui en tourne , et sa poitrine déja affoiblie par sa vie licencieuse, le met dans le plus grand danger.

LOVELACE.

Qu'il est fou de s'affecter de pareille chose ! Le pauvre garçon ! je le plains ! Il étoit brave , généreux et l'un des plus joyeux de notre société. Si ses affaires ont besoin de mon secours , parle ! et je vole à lui, tout occupé, tout rempli que je sois de ma Clarisse.

BELFORD avec vivacité.

Enfin ! as-tu rendu justice à cette vertueuse fille ? et n'est-tu pas assez coupable d'avoir su, par tes artifices, la forcer à te suivre à Londres ; de l'avoir ravie à des parens qu'elle adore ; à ce Solmes, qui, malgré son aversion pour lui, vouloit l'accabler de richesses ?

LOVELACE avec gaieté.

Oh ! j'en conviens, il étoit cruel d'enlever à cet épais financier un trésor de cette espèce ; et aux Harloves, une fille charmante qu'ils vouloient sacrifier à un pareil homme, tandis qu'ils ont osé me refuser en face. (en riant.) Ma foi, mes grandes vues sont remplies ; (avec finesse.) et probablement Solmes ne l'aura jamais.

BELFORD.

C'est donc d'hier que tu as conclu ce mariage, que tu retardois tant, qui te convient si bien, et que ta famille souhaite?

LOVELACE avec suffisance et gaieté.

Non!... c'est de cette nuit... mais, il faut en convenir, ce n'a pas été sans peine ; et il a fallu, comme dans un siège en règle, user de ruse, faire jouer les mines, les contremines, en un mot employer les plus grandes ressources de l'art... (en riant.) ah! ah! ah! tu ne sais pas?... cette petite inhumaine ne s'étoit-elle pas avisée de s'enfuir il y a trois jours?... heureusement Will, mon valet-de-chambre, l'a rattrapée dans un fauxbourg de Londres, chez une Madame Moore, où elle s'étoit réfugiée. Il me fit savoir que la place étoit reconnue, et qu'il ne tenoit qu'à moi de l'investir. Aussi-tôt je pars, armé du plus grand pathétique ; je fais dire à Tomlinson, qui doit la réconcilier ... à ma mode... avec ses parens. de me suivre... J'écris à une tante Lawrance et à une cousine Montaigu... (il rit.) c'est-à-dire, à des femmes qu'il me plut d'adopter alors pour mes parentes, de venir me joindre en carrosse à six chevaux... (Belford interdit par tous ces aveux, fait plusieurs gestes d'étonnement.)
... J'arrive... j'avois bien fait de préparer d'avance mes batteries... sans cela ma rhétorique

étoit perdue... et c'est un petit tour de mon in-
vention, (gaiement et avec mystère.) ...une réponse...
de moi... au nom de sa cousine Howe , à une
lettre qu'elle avoit déja pu lui écrire , qui a dé-
terminé Clarisse à revenir chez la Sainclair...
nous y voici... tu devines le reste ; car la Sainclair n'est pas femme à laisser un homme comme
il faut dans l'embarras après un tel affront...
(avec feu.) Vouloir échapper à Lovelace !... La
peste soit des femmes ! quand elles se sont fourré
la vertu dans la tête , c'est le diable pour l'en
déloger.

BELFORD avec indignation.

O cœur féroce ! dans une criminelle nuit, tu
t'es préparé soixante années de repentir. Fille
infortunée ! voilà donc le prix de sa confiance !
Peux-tu quitter ainsi le rôle de son protecteur,
de son ami, pour prendre celui d'un homme mé-
prisable ? Que je regrette de l'avoir connue dans
ce souper où elle nous tint tous en respect par
la seule force de sa vertu !

LOVELACE froidement.

Eh bien ! Belford, te voila donc retombé dans
ces moralités dont je t'avois défendu de m'entretenir ! Depuis que tu as assisté ton oncle à la
mort, tu deviens chaque jour plus intolérant.

BELFORD d'un air pénétré.

Ah ! Lovelace ! Lovelace ! puisse-tu ne perdre

aucun de tes parens, et devenir meilleur !... Tes procédés envers Miss Clarisse, me rappellent des jours que je voudrois effacer de ma vie... Mais écartons des idées qui feront long-temps la guerre à mon repos.

LOVELACE *avec ironie.*

Je... te... le conseille aussi ; car, tu viens alarmer ma conscience dans un moment où elle n'est pas fort tranquille... Ce qui me console, c'est que Clarisse est vivante.

BELFORD *vivement.*

Je m'étonne qu'elle vive ! et ton expression marque assez que tu t'attendois peu qu'elle survécût à ton dernier outrage.

LOVELACE.

Pardon ! pardon ! je me suis mal expliqué... (*avec ironie.*) Depuis une certaine nuit que le feu prit dans cette maison, peut-être par ma faute, elle dit sans cesse qu'elle me hait, qu'elle m'abhorre. Je sais qu'elle compte sur l'arrivée prochaine du Colonel Morden, son cousin, qui, en qualité de son tuteur, lui fera rendre la terre que son grand-père lui a léguée en mourant. (*avec dépit.*) Son dessein étoit de s'y retirer avec sa nourrice Norton ; elle me l'a dit en quittant ses obstinés parens... (*avec ironie.*) je ne vois plus d'inconvénient pour elle de s'y fixer, afin

d'y mener une vie conforme à son inclination,
avec un vieux cocher, une paire de vieux chevaux de trait, deux ou trois vieilles servantes,
et autant de vieux laquais ; soulageant les vieil-
lards, donnant à la jeunesse de vieilles leçons,
sur des vérités si vieilles ! et arriver ainsi au bon
vieil âge. en répandant ses bienfaits et l'odeur
de ses vertus dans toute sa génération.

BELFORD recule un pas, et dit avec un sourire amer.

Et tu dis que tu l'aimes !

LOVELACE avec feu.

Grand Dieu ! si je l'aime ! (avec profondeur.) Mais
elle ne sait pas m'aimer ; ses parens me détestent ;
Solmes m'a donné la torture, et... je me suis vengé
d'eux tous.

BELFORD avec impatience.

Tu consens donc à vivre loin d'elle ?... car
après de tels forfaits, tu ne dois plus attendre
qu'elle puisse se résoudre à te voir.

LOVELACE avec présomption et en riant.

Ah ! ah ! ah ! mon pauvre Belford ! ma foi tu
n'y es plus. As-tu donc oublié qu'il ne s'agit que
de temporiser auprès des femmes, et que les ex-
pédiens n'ont jamais manqué à qui les cherche
comme moi. (plus sérieusement.) Apprends que
Clarisse, qui veut toujours m'échapper, a fait

à Dorcas une promesse par écrit, la plus sédui-
sante, pour l'engager à favoriser son évasion.
(*Finement.*) Dorcas m'a mis en tiers dans cette confi-
dence, et doit me donner cette promesse, dont je
compte profiter pour faire une diversion aux chagrins de ma Clarisse, qu'elle doit à cette vertu
sauvage que tu exaltes tant.

B E L F O R D avec un sourire amer.

Elle a infiniment à se louer de tes attentions.

L O V E L A C E avec gaieté.

Au moins elle ne peut douter que je ne pense
continuellement à elle : à la vérité cela nous expose à quelques légères tracasseries ; mais c'est
une recette admirable pour exercer l'amitié, et
pour passer le temps. (Il se rapproche de Belford, et lui
dit ironiquement, en lui frappant sur l'épaule :) Ton ame,
cher Belford, n'est plus assez forte pour se com-
plaire à ces débats ; mais celle de Lovelace y
goûte un plaisir inexprimable. Je crois la voir,
cette chère Clarisse, le visage à demi tourné...
chaque parole étouffée par ses soupirs...confuse...
embarrassée de ma présence...

B E L F O R D l'interrompant avec indignation.

Je te prédis, homme cruel ! que le temps approche où tu seras puni de toutes tes noirceurs. C'est
là où je t'attends, et nous verrons comment tu sou-

A iv

tiendras l'épreuve... (*avec surprise.*) J'entends du bruit dans la chambre de Clarisse!

LOVELACE.

Retirons-nous. Pendant la tempête il faut savoir plier les voiles, pour s'en servir à propos quand le beau temps renaît.

BELFORD.

Je retourne vers Belton, pour m'affermir par la vue de ses souffrances dans mes principes de morale.

LOVELACE montrant son appartement.

Et moi, je vais attendre le moment heureux où je pourrai revoir Clarisse. (*Il rentre chez lui; Belford se retire.*)

SCÈNE II.

CLARISSE, DORCAS.

Dorcas paroît, et range divers effets.

CLARISSE sort de son appartement; sa toilette est fort en désordre; la stupeur est peinte dans ses traits; sa voix sera foible et altérée, sa démarche lente et chancelante. Elle avance comme à tâtons, tenant un mouchoir dans sa main.

Où suis-je?... et quel nuage obscurcit mes yeux?.... O Milady Lawrance!.... ô Miss

Montaigu!..venez!...venez!...secourez-moi!...
Breuvage amer!....coupe perfide!....qu'ils m'ont
fait boire jusqu'à la lie!... Sans force.... sans
voix... comment donc se défendre?... (elle lève
les yeux et les mains vers le ciel.) O terrible malédiction d'un père sur une fille désobéissante!...
vous voilà donc accomplie!... (pause; elle reprend
avec force:) Homme sans foi!... (avec indignation.)
Et toi, femme impudique!... ton ministère est-
il assez affreux?... (Elle fuit épouvantée de l'image de
la scène nocturne, et dit avec terreur:) Lovelace !...
Lovelace!... barbare Lovelace! (Elle se précipite à
genoux, et dit avec un sentiment profond:) Ayez pitié de
moi!...par cet honneur dont quelquefois je vous
ai vu si fier!... par votre humanité!...par tous les
sermens que vous m'avez faits!...ah! laissez-moi!
laissez-moi!...(Elle se lève avec précipitation et fuit encore.)
Insolent!..misérable!... infame Lovelace!...
(avec fierté.) respecte un sang aussi noble que le
tien!... mes proches sauront venger tes attentats sur moi!... Pardon! pardon   (une pause;
elle se laisse tomber dans un fauteuil, y reste sans mouvement;
puis en se relevant, dit avec une espéce de frénésie:) Puisse
la foudre être lancée sur toi!... puisse l'enfer
vomir tous ses serpens pour te déchirer le sein!...
homme sans pitié!... homme affreux que je déteste! (Dorcas, étonnée de ce qui se passe, suit des yeux sa
maitresse, imite même quelques-uns de ses gestes, entraînée
par cette situation déchirante.) Non! jamais tu n'auras

d'empire sur moi !... j'abjure tous les sentimens
que j'eus pour toi... dans des momens d'erreur !...
je livre ton lâche cœur aux furies infernales !
(anéantie par cet effort, elle s'assied auprès d'une table sur laquelle elle s'appuie ; et dit d'une voix altérée par la douleur:)
J'en mourrai !... comment survivre à de telles
infamies ? ... (avec une sensibilité profonde) Adieu
ma tendre mère !... adieu ! père, hélas ! trop
cruel !... adieu ma sœur et mon frère !... adieu
mes oncles !... adieu ma tante et ma cousine
Hervey !... adieu tous mes amis !... et vous,
M. Morden ; et vous, chère Miss Howe... faut-il
vous dire un éternel adieu ?... (Ici les larmes de
Clarisse s'échappent en torrent.).... me voici devenue
l'opprobre de votre illustre sang !... (Elle médite un
moment, fait une lettre, la plie, la donne à Dorcas, en lui disant:)
Dorcas !... portez cette lettre au plus lâche des
hommes.

DORCAS prend la lettre, répète

Madame ? au plus lâche des hommes ! et dit
en hésitant) faut-il.... la porter.... à Monsieur
Lovelace ?

CLARISSE répond d'un air sombre :

Allez !... (Elle la suit des yeux, traine ses paroles.)
Vil suborneur !... homme féroce !... reçois le
prix de tes forfaits !... (avec une réflexion douloureuse.)
Hélas ! commment avoit-il pu gagner ma con-

fiance ?... (Elle pleure, et dit avec un sentiment profond:)
Ingrat!...non jamais tu n'as recherché mon cœur!...
(Elle s'appuie sur la table, baisse la tête sur ses mains.)
Dorcas va lentement vers la porte de Lovelace, y frappe.

SCÈNE III.

CLARISSE, DORCAS, LOVELACE.

DORCAS à Lovelace, qui ouvre la porte.

Monsieur, voici ce que Madame vous envoie.
(Elle lui remet la lettre, fait quelques pas en arrière, en obser-
vant Lovelace avec finesse.)

LOVELACE, après avoir lu cette lettre, lève les mains, et
dit, en allant vers Clarisse:

Chère Clarisse ! mon amour ! de grace écoutez-moi ! (Il met la lettre dans sa poche.)

Clarisse qui l'entend et le voit venir, paroît saisie d'horreur,
se lève et s'enfuit dans sa chambre, la ferme aux verroux.

LOVELACE.

Je vois bien qu'elle est trop agitée pour m'entendre.

Dorcas revient vers Lovelace, tire de son corset et avec mystère un autre papier qu'elle lui donne, et s'en va en lui
faisant quelques signes d'intelligence.

L o v e l a c e regarde le papier et sourit.

Mais quelle folie!... Elle me fait appeler...
et me fuit... Je ne comprends plus rien à cette
Clarisse... (Il se promène d'un air rêveur, et ajoute:)
Il faut pourtant l'arracher aux sombres pensées
qui l'occupent, et préparer une autre entrevue...
Lorsque l'orage aura éclaté, et qu'elle m'aura
accablé de mille reproches, que je recevrai d'un air
bien repentant, il me sera plus facile de l'appaiser;... la crise sera forte:... j'hésite à m'y livrer...
(avec fierté:) Sa résistance fait taire l'amour que
je me sens pour elle, et ranime mes idées de
vengeance.... (pause; avec sensibilité:) Mon cœur
flotte entre les sentimens les plus opposés...
Quand le dépit cesse, l'amour se renouvelle; si
du moins il se glissoit dans l'ame de ma Clarisse; je sens... oui... je sens que je la rendrois
heureuse... (avec dépit:) mais c'est un cœur de
bronze!... n'avoir pas encore pu en obtenir une
seule caresse innocente!... pas une preuve de tendresse, depuis que je l'ai arrachée à son imbécille
famille!... (avec vivacité:) Il est clair qu'elle ne
m'aimoit pas, et que le seul desir d'échapper
aux violences de ses parens et aux poursuites de
Solmes, a produit le faux penchant qu'elle a
montré pour moi... (avec feu:) voilà!...voilà les
procédés des femmes!... oh!...je prétends être
aimé pour moi-même... et vertueuses ou co-

quettes, Lovelace n'est pas fait pour être votre dupe. *(Il déploie le papier que Dorcas vient de lui remettre.)*

S C È N E IV.

LOVELACE, WILL, DORCAS, Madame SAINCLAIR, SALLY, POLLY, MABEL.

LOVELACE *après avoir lu le papier que Dorcas lui a donné, feint de se mettre en colère.*

A-T-ON jamais vu une pareille perfidie! Will! Will!

WILL *entre.*

Monsieur! Monsieur!... que faut-il?...

LOVELACE *allant et venant.*

Qu'on m'appelle Dorcas!... l'indigne créature! *(Will sort, Lovelace dit plus bas:)* Si Belford étoit ici, il verroit le parti qu'on peut tirer de la promesse que Clarisse a faite à sa Dorcas. *(Will rentre avec Dorcas; Lovelace allant au devant d'elle avec vivacité)* Te voilà donc! traitresse!... viens!... viens! que je t'immole à ma fureur! *(il tire son épée.)*

DORCAS *fuyant vers la chambre de Clarisse, s'écrie:*

Ahi! ahi! je suis morte. *(Lovelace la suit.)*

WILL *retenant le bras de son maître.*

Monsieur! Monsieur! qu'allez-vous faire?

LOVELACE *le repousse vivement, et lui dit:*

Comment, maraud! tu voudrois dérober une perfide à ma vengeance!

M^de. S A I N C L A I R arrivant avec précipitation, dit très-
haut :

Qu'est-ce donc? qu'est-ce donc? qu'est-il arrivé?

(Polly, Sally, Mabel arrivent par différens côtés.)

L O V E L A C E avec une feinte colère.

Ce qui est arrivé? lisez ce papier! (il le lui donne.)
Je veux que tout-à-l'heure vous me fassiez justice
de cette misérable (il montre Dorcas.) , qui se laisse
corrompre par des pensions pour éterniser des
querelles entre un mari et sa femme.

M^de. S A I N C L A I R, après avoir lu le papier dit avec émotion.

Monsieur! modérez-vous! croyez que je suis
innocente de tout ceci ... Il faut avouer qu'avec
sa belle vertu, Madame Lovelace est bien ma-
licieuse et bien intrigante : (à Dorcas avec colère:)
Maudite créature! il te sied bien de te mêler des
affaires d'autrui !

L O V E L A C E remettant son épée.

Je veux voir le fond de ce mystère.....
(à Dorcas, en se retirant vers son appartement:) Approches
ici, démon, et dis-moi sur le champ qu'elle étoit
la démarche que ma Clarisse vouloit si bien ré-
compenser.

D O R C A S feignant de pleurer, et restant vers la chambre de
Clarisse.

Monsieur!... Monsieur!... excusez-moi!...
non!... je ne puis,... je n'ai rien à vous dire.

POLLY *près de Dorcas, dit très-haut:*

Pardi! voilà bien du bruit!... peut-être que cette fille n'est pas seule coupable. Ne pourroit-on la faire parler devant sa maîtresse? on sauroit bientôt laquelle des deux a fait les avances.

(On entend tirer des verroux; la porte de Clarisse s'ouvre.)

SCÈNE V.

Les personnages précédens; CLARISSE.

(Tous s'arrangent pour empêcher Clarisse de s'enfuir; le gros de la troupe se tient vers l'appartement de Lovelace.)

CLARISSE *entre avec majesté, jette un regard autour d'elle, fait quelques pas en avant. On voit le respect sur toutes les physionomies. Elle fixe Lovelace avec mépris.*

O le plus abandonné des hommes! crois-tu que je ne devine pas tes affreux desseins?... *(elle fixe la Sinclair.)* Et toi! femme détestable! qui as su pendant quelques momens m'inspirer de la terreur, as-tu préparé quelque breuvage nouveau pour me dérober encore l'usage de mes sens?... *(Elle fixe Polly, Sally.)* Viles créatures, qui peut-être avez causé la ruine de cent ames innocentes!... apprenez, si jamais vous l'avez ignoré, que je ne suis pas la femme de cet homme... *(Elle montre Lovelace.)...Sachez que mes cris réveilleront tôt ou tard la tendresse d'une famille noble et puissante , qui vous demandera compte de mon honneur outragé !... (Elle fixe Dorcas.) Pour toi , artificieuse Dorcas, qui , sous le voile de l'affection, es parvenue à me jouer, sors de ma présence : on ne demandera plus qui de toi ou de moi a fait les premières avances. (Dorcas sort; Will, Mabel la suivent.)

LOVELACE déconcerté, s'avance vers Clarisse.

Madame, permettez-moi de vous assurer....

CLARISSE reculant avec frayeur.

Lovelace! arrête!... arrête où tu es; et n'entreprends pas de m'approcher, si tu ne veux me voir tomber sans vie à tes pieds... (Elle tire avec précipitation un couteau , qu'elle présente vers son sein.) Je ne menace ici que moi-même... c'est aux lois que je remets ma vengeance ; aux lois, qui sont la terreur du crime, et dont je vois déja le pouvoir dans votre confusion.

LOVELACE avec un peu de fermeté.

Madame! à quels emportemens vous vous livrez! au moins écoutez-moi !

CLARISSE avec feu.

Non! je ne puis rien entendre ni rien croire

de

de vous... (*Lovelace fait quelques pas vers Clarisse, qui recule en même temps et le brave.*) Barbare! approche, si tu l'oses! et je vais te prouver qu'on peut mourir pour échapper à tes infames artifices.

Mde. SAINCLAIR *tremblante.*

Monsieur Lovelace, arrêtez donc! quel malheur allez-vous causer ici?

LOVELACE *se jette à genoux, tend les bras vers Clarisse, et lui dit avec feu:*

Je ne ferai plus un pas, si ce n'est pour recevoir la mort par cette main qui me menace de la sienne.

CLARISSE *avec dignité et vivacité.*

Après vos attentats, qu'ai-je besoin de la vie? (*Elle élève les yeux, roidit son bras:*) Dieu tout-puissant, je m'abandonne à ta miséricorde!

LOVELACE *épouvanté, se relève et s'éloigne:*

Cessez, cessez, adorable Clarisse, de m'effrayer par ces terribles mouvemens!... vivez pour être heureuse, et pour répandre le bonheur par-tout où vous serez... Ah! donnez-moi l'espérance de vous voir demain aux pieds des autels; et si ma personne vous est odieuse, si par mes soins je ne puis vaincre les préjugés que vous avez contre moi, j'irai finir mes jours dans l'exil que vous me prescrirez. (*Il s'éloigne encore.*)

B

CLARISSE affoiblie par l'effort de courage qu'elle a fait, et voyant Lovelace s'éloigner d'elle, baisse son couteau, et dit d'une voix entrecoupée :

Non !... non !... vous ne me surprendrez plus... par vos séduisantes promesses... laissez-moi seulement quitter cette horrible demeure... pour aller vivre... ou mourir... dans quelque lieu solitaire... (avec sensibilité et douleur:) si tranquille qu'il soit... je n'y trouverai plus la paix avec moi-même.

LOVELACE avec feu et tendresse.

N'attendez pas de moi cet affreux sacrifice ! Non !... non !... je n'y puis consentir...

CLARISSE fermement.

Puisque je suis prisonnière en ce lieu d'horreur, annoncez-moi les maux que vous me destinez ; dites-moi ce qui me reste à souffrir de votre barbarie !

LOVELACE d'un air vrai.

Non, Clarisse ! vous n'êtes point ma prisonnière : si je vous retiens à présent ici, c'est pour vous y faire toutes les réparations qui sont en mon pouvoir.

CLARISSE avec force et dignité.

Des réparations ! Lovelace !.... (d'une voix suffoquée :) Si ton lâche cœur t'a conseillé de m'a-

baisser jusqu'à oser me les offrir, apprends...
que le mien... n'est plus fait pour les accepter...
ton ame est gangrénée, et pourroit corrompre
la mienne. (Elle se tourne avec majesté vers M^de. Sainclair et
ses filles.) Et vous, souvenez-vous que je ne suis
pas sa femme, (elle montre Lovelace.) qu'il n'a jamais eu de pouvoir sur moi : si vous vous croyez
autorisées par ses ordres à me retenir contre mes
intentions, songez à votre propre sûreté. (Elle
rentre chez elle. Scène muette entre ceux qui restent et se
regardent avec confusion... Polly, Sally sortent.)

SCÈNE VI.

LOVELACE, Madame SAINCLAIR.

LOVELACE à part, sur le devant du théâtre.

ÉTONNANTE créature ! j'ai beau former des
projets contre elle ; sa vertu, ses graces, son air
noble, lui donnent un ascendant sur moi, qu'il
m'est impossible de surmonter. (D'une voix basse et
rapide, la main en l'air :) Et ces scélérates, dont les
affreux conseils avoient endurci mon cœur, n'ont-
elles pas frémi en la voyant ? ... (d'une voix plus
assurée :) Mais, je veux lui rendre justice, je le
dois ; elle sera Madame Lovelace, en dépit du

ciel et de la terre , en dépit d'elle - même : (avec profondeur :) sa vertu est assez éprouvée. (Il réfléchit.)

M^{de}. SAINCLAIR revenue de son étonnement.

Eh bien, Monsieur! voilà une belle scène que toutes vos ruses nous ont attirée ! ... que ferons-nous, si elle recommence sur le même ton ?

LOVELACE avec colère.

Taisez-vous! cessez de m'importuner! (Il pense:) J'ai besoin d'une promenade pour dissiper les nuages qui s'élèvent en moi... (finement :) je suis assez bien préparé pour aller voir Belton.... (A M^{de}. Sainclair:) Veillez à ce que mon ange ne puisse sortir ! vous m'en répondez sur la vie. (Il sort.)

SCÈNE VII.

Madame SAINCLAIR, CLARISSE, MABEL.

M^{de}. SAINCLAIR.

Ho! quelle femme! eh mais! c'est un démon. Elle tiendroit tête à cent Lovelaces; et sans moi il n'en seroit jamais venu à bout cette nuit.

(*Avec suffisance* :) Heureusement, elle n'est pas la première que j'aie mise à la raison .... Enfin voilà qui est fini ... et quand elle aura bien jeté feu et flamme, sans doute nous aurons la paix... Je m'en rapporte sur cela à l'adresse de ce rusé Lovelace ... au fond je crois qu'elle l'aime, et c'est quelque chose dans les affaires de cette nature.

(*Clarisse paroît : sa toilette est un peu rajustée ; elle porte une mante, et fait quelques pas pour sortir. M^{de}. Sainclair lui dit avec finesse :*)

Madame ! Madame ! peut-on vous demander ce qui vous fait marcher si vîte ?

CLARISSE *froidement.*

Je vais sortir.

M^{de}. SAINCLAIR *avec modération.*

Madame ! considérez, je vous prie, qu'il m'est impossible de vous laisser aller. M. Lovelace m'a chargé de veiller sur vos pas.

CLARISSE *avec dignité et un peu d'émotion.*

Je vous l'ai déja dit, ni vous ni lui n'avez le droit de m'arrêter ici. Songez aux conséquences de votre refus : rappelez-vous ma naissance. Vous n'êtes déja que trop coupable à mon égard, et me retenir est un autre crime. Votre complaisance en ce moment peut me les faire oublier tous; mais si vous refusez de me laisser sortir, il ne vous reste plus qu'à m'ôter secrètement la vie: c'est le seul moyen de vous soustraire à la vengeance qui vous attend.

Mde. SAINCLAIR émue et piquée.

Je ne ferai ni l'un ni l'autre, Madame! si quelque jour vous entreprenez de vous venger, M. Lovelace saura sans doute justifier ma conduite. (Elle appelle:) Mabel! Mabel! venez ici. (Mabel paroît.)

CLARISSE retourne à son appartement, et dit avec dépit, mais à demi-voix.

Puisque toute autre voie m'est interdite, faisons usage de la ruse. (Elle lève les mains.) A quelles extrémités je suis réduite!

Mde. SAINCLAIR ayant vu Clarisse rentrer chez elle, dit:

Mabel; faites ici le guet; je n'y puis plus tenir, je suis trop vivement émue. (Elle sort.)

SCÈNE VIII.

MABEL, CLARISSE, WILL.

MABEL *range divers effets et dit.*

CETTE pauvre Dorcas! comme Madame l'a trai-
tée!... Ma foi, cette bonne Dame n'avoit pas tort,
et elle étoit, je crois, un peu trop officieuse...
aller dire à Monsieur ce que faisoit Madame;
rapporter à Madame ce que faisoit Monsieur...
et peut-être... ce qu'il ne faisoit pas... on dit
qu'à ce métier Dorcas gagnoit fort bien sa vie...
aussi je la vois chaque jour devenir plus élé-
gante; se donner avec moi des tons et des airs
de demoiselle... je sais cependant ce qu'étoit
cette Dorcas; et son plus grand mérite est peut-
être d'avoir su profiter de l'éducation que Madame Sainclair lui a donnée... Pour moi je n'entends rien à toutes ces allures... aussi nos Dames
me disent que je suis bête; que je sors de mon
village; que je ne ferai jamais fortune à Londres... Eh bien! tant mieux! si je sors de mon
village, j'ai bien envie d'y retourner; on n'y
tourmente personne, et j'y voyois tout le monde
heureux.

B iv

CLARISSE *sort de son appartement avec deux lettres dans sa main , et regarde s'il y a quelqu'un dans le salon.*

Que disiez-vous donc là , Mabel ?

MABEL *hésitant.*

Madame !... je parlois du bonheur que l'on goûte au village.

CLARISSE *avec douceur et naïveté.*

Si j'avois un conseil à vous donner, ce seroit d'y retourner bien vite ; je ne fus jamais plus heureuse que lorsque j'habitai la campagne... Will est-il là?...

MABEL.

Je le crois, Madame.

CLARISSE.

Je voudrois lui parler. (Mabel *sort pour appeler* Will. Clarisse *dit à voix basse :*) Cette fille a l'air assez bonne; si je pouvois éloigner Will , peut-être je parviendrois à m'échapper.

WILL *entrant avec Mabel.*

Madame a-t-elle quelque chose à m'ordonner?

CLARISSE *d'un air naturel.*

Portez ces lettres chez l'honnête Monsieur Wilson : vous lui demanderez celles qu'il pourroit avoir reçues pour moi.

W I L L.

Faut-il y aller tout de suite?

C L A R I S S E *avec douceur.*

Vous m'obligeriez beaucoup.

W I L L *embarrassé, hésitant.*

Madame!... on m'a dit de rester ici.

C L A R I S S E *émue.*

On vous a donc aussi défendu de me rendre service?

W I L L *avec vivacité.*

Non, Madame... mais je ne puis sortir en ce moment.

C L A R I S S E *soupire.*

Eh bien! Will, j'irai moi-même chez Monsieur Wilson. *(Elle fait quelques pas vers la porte.)*

W I L L *avec vivacité, et d'un air respectueux.*

Madame! ne pourriez-vous attendre, pour avoir ces lettres, que M. Lovelace soit rentré? j'irois les chercher aussi-tôt.

C L A R I S S E *d'un air pénétré.*

Si je les avois en ce moment, leur lecture soulageroit mon cœur. J'ai besoin de consolation dans l'état affreux où je me trouve; sans amis, sans parens... *(Elle lève ses mains au ciel.)* Hélas!

pourquoi les ai-je quittés ? Où suis-je ? personne n'a pitié de moi ! (Will à demi convaincu, prend les lettres ; Clarisse le regarde d'un air obligeant, et lui dit avec naïveté :) Will ! revenez bien vite. (Il sort. Clarisse va visiter ses valises.) Mabel , que fait Dorcas ?

MABEL.

Madame, elle est dans sa chambre, où, sans doute, elle pleure de chagrin de vous avoir déplu.

CLARISSE avec bonté.

Il ne tenoit qu'à elle de me plaire ... portez-lui cette robe ; vous lui direz que si elle avoit été capable d'attachement pour moi, j'aurois eu soin de sa fortune ... Et vous, Mabel, si jamais vous retournez à votre village, que ceci me rappelle à votre mémoire. (Elle lui donne un déshabillé.) Je n'ai plus besoin de ces nipes. Je sens que le ressort de ma vie est prêt à se rompre ... laissez-moi quelque temps à moi-même ; j'ai besoin de repos après de si terribles combats. (Elle retourne vers sa chambre, et feint d'y rentrer.)

MABEL en sortant.

Être si bonne, et si malheureuse !

CLARISSE reparoît avec précaution, ferme sa porte, revient à sa valise, d'où, après quelques recherches, elle tire une capote de soie brune.

Quel bonheur d'avoir retrouvé cet habit !

(Elle s'en couvre.) Le moment est favorable; fuyons!
Grand Dieu! sauve une infortunée qui n'espère
qu'en toi! (elle s'enfuit en marchant sur la pointe du pied.)

FIN DU PREMIER ACTE.

ACTE II.

La Scène est au même endroit.

SCÈNE PREMIÈRE.

MABEL, WILL, Madame SAINCLAIR,
POLLY, SALLY.

MABEL.

IL y a quelque temps que Madame est chez
elle... (elle écoute :) je n'entends rien... elle a
bien gagné le repos, car ce Monsieur Lovelace
lui donne un rude exercice... (avec naïveté :) Que
je hais tous ces hommes! Quand une fille est
jeune et qu'elle a quelques attraits, c'est à qui
viendra dans cette maison l'embrasser, la tour-
menter... fi!... lorsque autrefois on m'embras-
soit, c'étoit au jour de ma fête, ou bien au premier jour de l'année. (Avec réflexion :) Oh! je re-
tournerai au village : tous ces gens de la ville ne
me reviennent point.

WILL accourant.

J'ai couru de toutes mes forces pour revenir

plus tôt... Il demeure aux enfers (avec ironie:) cet honnête Wilson... Où est Madame?

MABEL s'occupant à ranger.

Elle est dans sa chambre, qui repose.

WILL.

Il faut pourtant que je lui rende cette lettre. Je la crois d'une cousine Howe, qu'elle aime fort, à cause des jolis conseils qu'elle en reçoit contre notre maître... (avec finesse:) Ah! ah! la cousine aura son tour'... (Il ouvre doucement la porte:) Mabel! je ne vois pas Madame.

MABEL avec humeur.

Quand je te dis qu'elle repose.

WILL appelle.

Madame? (il entre en disant:) Elle n'y est pas! (il revient:) Ah! je suis perdu! mon maître va me tordre le cou! Que devenir? maudites lettres! (il donne plusieurs signes de désespoir, va et vient:) Ah! pauvre Will! c'est fait de toi.

MABEL revenant de la chambre de Clarisse, crie très-haut:

Ah! Madame est perdue!

M^{de}. SAINCLAIR accourt.

Que dis-tu? que dis-tu?

SALLY, POLLY venant par un autre côté.

Qu'est-ce donc? qu'est-ce donc?

MABEL en s'enfuyant.

Madame est perdue! Madame est perdue!
Ah! quel malheur!

Mde. SAINCLAIR à Will, qui reste immobile:

Maudit valet! d'où viens-tu? Ne t'avois-je
pas dit de ne pas la quitter? Vilain ivrogne!
tu sors de la taverne!

VILL secoue la tête d'un air mécontent.

Hélas! si vous disiez vrai, Miss Clarisse
ne m'auroit pas trouvé si bête. (A part.) Maudites
lettres!

SALLY revenant de la chambre de Clarisse.

Elle n'a pu passer par les fenêtres, tout est
clos et fermé; c'est par la porte qu'elle est
sortie.

POLLY revenant de la chambre de Clarisse, dit avec colère:

C'est toi, malheureux, qui l'a laissée ouverte.
(Elle tombe sur Will, le bat; Mde. Sainclair et Sally en font
autant.)

WILL criant.

Attendez, furies! je dirai à mon maître que
vous avez laissé fuir Miss Clarisse; que vous
êtes montées dans vos chambres, plutôt que de

rester ici. (*Elles redoublent les coups.*) Grace! grace!
laissez-moi, je vais courir après notre maîtresse.

M^{de}. SAINCLAIR *le quittant, dit en fureur :*

Vas donc, vaurien; et si tu ne nous la ra-
mènes, nous t'apprendrons ce que tu dois dire
à ton maître... Ce faquin osera nous menacer
après une telle sottise !

WILL *s'enfuit, et prêt à sortir, se retourne et leur dit :*

Puissent cinq cents millions de diables, armés
de fourches et de crocs, vous rendre à chacune
ce que vous m'avez donné ! (*Il sort; Dorcas vient par
un autre côté.*)

SCÈNE II.

M^{de}. SAINCLAIR ; SALLY, POLLY, DORCAS.

M^{de}. SAINCLAIR *avec inquiétude.*

AH ! quelle affaire ! et que dira M. Lovelace
quand il rentrera ! Je le connois, cet homme
fougueux dans ses passions : il va nous immoler
à sa fureur.... Quelle rusée femelle que cette
Clarisse, avec son étalage de beaux sentimens ! Et par quel moyen infernal a-t-elle pu

se soustraire à notre vigilance ? J'étois dans la chambre la plus voisine de la sienne.

SALLY.

Nous étions dans celle dont les fenêtres ont vue sur le jardin : elle n'a point passé par-là... Et toi, Dorcas, que faisois-tu ?

DORCAS.

N'osant paroître devant ma maîtresse depuis sa défense, je me tenois dans ma chambre, qui donne sur la cour, l'œil et l'oreille au guet ; je n'ai rien vu, rien entendu.... (avec réflexion.) Attendez,... Mabel est venue m'apporter une robe de sa part, en me disant que Miss Clarisse auroit fait ma fortune si je ne l'avois pas trahie... Mabel tenoit un deshabillé qu'elle avoit aussi reçu de ses mains, et qu'elle admiroit beaucoup, car cette innocente s'étonne de la moindre chose.

POLLY, vivement.

La coquine !

SALLY, vivement.

C'est elle qui l'a fait échapper.

M^{de}. SAINCLAIR avec fureur.

Dorcas, vas la chercher ! (Dorcas sort en courant) J'en veux faire un exemple terrible, pour prévenir

venir les indiscrétions et toutes les sottises de
ces servantes. Il n'y auroit bientôt plus de mystère ici ; et les Magistrats sachant ce qui s'y
passe, nous joueroient quelque mauvais tour.
Oh! l'effrontée! la malheureuse! elle sera cause
de notre ruine... (En regardant Polly et Sally.) Vous
aviez donc bien affaire dans vos chambres, avec
vos parures éternelles?.... Je ne sais plus sur
qui me reposer ici des moindres soins. (Sally et
Polly se regardent pour lui répondre.)

DORCAS revient essoufflée.

J'ai eu beau appeler Mabel, la chercher
d'étage en étage, de chambre en chambre, je
n'ai pu la trouver.

Mde. SAINCLAIR en colère.

La traîtresse se sera évadée.... Oh! que je
suis à plaindre ! Je n'ai personne sur qui je
puisse décharger ma rage... (Avec réflexion.) Elle
a pourtant bien fait de s'en aller ; je sens que
je l'aurois souffletée de bon cœur... (A Dorcas.)
Et Will, que faisoit-il?

DORCAS avec un air de proderie.

· Je n'en sais rien..... peut-être il jouoit ou
buvoit dans quelque coin ; car ces valets ne
savent s'occuper à rien d'honnête.... Celui-ci
est un des plus incorrigibles.

C

SCÈNE III.

Les personnages précédens ; WILL.

WILL entre en courant; il s'essuie le front.

BONNES nouvelles, bonnes nouvelles!

Mde. SAINCLAIR avec vivacité.

Viens, mon garçon, que je t'embrasse! (e
l'embrasse.) Où est-elle?

WILL avec un air suffisant et goguenard.

Diable! Dame Sainclair! votre cœur s'atten-
drit, je crois?

Mde. SAINCLAIR curieuse, impatiente.

Où est-elle? Parles donc, mon cher ami!

WILL.

Ah! laissez-moi reprendre haleine...(Plaisamment:)
L'épaule me fait encore mal des coups que j'ai
reçus... Je suis tenté d'avoir de la rancune.

POLLY vivement.

Maraud! nous feras-tu mourir d'impatience?
(Toutes trois l'entourent et font un geste menaçant).

WILL leur faisant signe de s'appaiser.

Doucement donc! voulez-vous recommencer?

Si vous étiez traitables on pourroit vous apprendre qu'on a vu sortir de notre maison une
jeune dame vêtue d'une capote... elle couroit
fort vite; et lasse de courir, elle est entrée, dit-on,
chez M^de. Smith, la parfumeuse, à peu de dis-
tance d'ici. J'ai rodé autour de la maison où
elle s'est réfugiée : la porte de la boutique étoit
fermée; mais on appercevoit beaucoup de mouvement dans l'intérieur : deux femmes s'em-
pressoient autour d'une autre qui m'a semblée
évanouie ; et j'ai cru reconnoître la robe de
notre maîtresse.

M^de. SAINCLAIR vivement.

Oh ! c'est Miss Clarisse, c'est elle-même. Où
pourroit être allée une femme si délicate ? Je
vais sortir pour tâcher de m'en convaincre.
(d'un air menaçant:) Si je la retrouve, il faudra
bien que je m'en assure par quelque moyen,
pour prévenir sa vengeance, dont elle m'a me-
nacée. (Elle sort par une porte qui ne doit pas être celle
par laquelle Lovelace va rentrer.)

SALLY.

La cruelle aventure ! je tremble pour les
suites qu'elle aura.

POLLY.

Ma foi, je crois que j'en suis bien aise. Depuis
que cette femme étoit ici, on ne voyoit per-

C ij

sonne ; plus de bals, plus de concerts, pas une promenade : oh ! je péris d'ennui. (*On entend Lovelace.*)

SALLY.

Fuyons ! fuyons ! Voici Monsieur Lovelace, ne nous exposons pas à sa fureur. (*Elles sortent.*)

SCÈNE IV.

LOVELACE, WILL, DORCAS.

LOVELACE *arrive gaiement.*

ENFIN, me voici de retour ! Je brûlois de revenir, car l'image de Clarisse me poursuit par-tout ; et soit qu'elle m'aime ou me haïsse, je n'ai de tranquillité que quand je me trouve près d'elle. (*Avec légèreté :*) Charmante fille ! je suis ensorcelé ! oh ! c'est un fait ! Et moi, qui prenois autrefois de l'amour ou le quittois à volonté, j'en tiens à présent pour la vie !.... A mon âge ! m'embarquer dans un amour romanesque ! mon destin est-il assez bizarre ? La tête me tourne, par ma foi !.. Et ce Belton ! auroit-on cru qu'il s'affecteroit au point d'en mourir, pour l'infidélité d'une friponne comme étoit sa Nancy ?... Il m'a fait pitié.... Aussi

cette Clarisse m'a fort amolli le cœur aujour-
d'hui... (il rit.) ah! ah! ah! Si toutes les femmes
ont le cœur fait comme celui de Belton, j'en
aurai tué quelques-unes en ma vie, ah! ah! ah!...
(Par réflexion :) Mais! qu'est-ce donc ?.... je ne
vois, je n'entends remuer personne ! (il appelle)
Will ! Will!

WILL paroissant avec précaution.

Plaît-il, Monsieur?

LOVELACE.

Que fait Miss Clarisse?

WILL hésitant.

Je... Je n'en sais rien, Monsieur!

LOVELACE avec humeur.

Comment, fripon, tu n'en sais rien ! Je
veux que tu me dises tout-à-l'heure ce qu'elle
a fait depuis que je suis sorti.

WILL avec un faux air d'assurance.

Dieu me damne si je l'ai vue!... Peut-être
qu'elle écrit, car elle écrit toujours. (Il s'échappe
dès que Lovelace lui a tourné le dos.)

LOVELACE va vers la chambre de Clarisse, écoute,
regarde par la serrure.

Je ne la vois ni ne l'entends, pardieu ! (Il va
au fond du théâtre et appelle) Dorcas ! Dorcas!

DORCAS entre en tremblant.

Que souhaite Monsieur ?

LOVELACE avec impatience.

Qu'a fait votre maîtresse depuis que je l'ai quittée ?

DORCAS hésitant.

Monsieur... sait bien que tantôt Madame m'a bannie de sa présence;... depuis ce moment je n'ai osé paroître devant elle. (Elle s'évade quand Lovelace se retourne.)

LOVELACE avec impatience.

Ho! je ne puis tenir à de si cruelles incertitudes! et Miss Clarisse dût-elle encore s'en fâcher, je veux la voir. (Il ouvre la porte de Clarisse, regarde sans disparoître tout-à-fait du théâtre, et revient en s'écriant avec fureur:) Malédiction ! fureur! désespoir! je suis trahi, assassiné! Clarisse a disparu! Clarisse est partie! absolument partie! O démon d'amour ! que t'ai-je fait pour éprouver cette vengeance? Amour ! misérable idole! puissent tous les hommes te mépriser , te détester et renoncer à toi, comme je fais en ce moment!... (Pause ; il paroît agité:) Non! je ne puis concevoir tous les tourmens qui me déchirent le cœur. (Il frémit d'impatience:) O Dieu ! Dieu! que faire! que résoudre!... (Avec une froideur affectée:) Petite hypocrite! qui ne se seroit cru sûr d'elle après

les offres les plus sincères, après tous mes sermens pour la rassurer sur l'avenir!... (avec précipitation et d'une voix altérée:) J'avois la folie d'at-
tribuer à sa pudeur la peine qu'elle sentoit à me
regarder en face, tandis qu'elle cherchoit à me
ravir un trésor dont j'ai acquis la propriété par
un pénible esclavage, par mille combats contre
les bêtes féroces de sa famille, (sa voix s'élève)
et sur-tout contre une sotte vertu, dont la seule
attaque m'a coûté un million de parjures....
(Pause;... avec une tendre inquiétude :) Mais, où cette
infortunée a-t-elle tourné ses pas? sans expérience, sans argent, (il voit ses malles avec surprise)
sans autres habits que ceux qu'elle emporte sur
elle.... Oh! que je m'en veux de toutes mes
cruautés!... (Il appelle) Will! Will! (Will paroit
avec tous les symptômes de la peur: Lovelace va au devant
de lui, en l'approchant tire son épée, saisit Will au collet et
l'amène sur le devant de la scène:) Viens-çà, misérable!
(Will, après avoir fait quelques pas, se jette à genoux;
Lovelace lui présente l'épée au cœur, et lui dit avec une
colère étouffée:) A présent dis-moi la vérité!.. la
seule vérité peut te sauver de ma juste fureur!

WILL avec crainte.

Mon maître! ayez pitié de moi! je vais vous
dire tout ce que je sais.

LOVELACE frémissant.

Parle donc, bourreau!

C iv

WILL tremblant.

J'étois dans cette antichambre lorsque Miss Clarisse m'a fait appeler... par Mabel... je me suis rendu à ses ordres; elle étoit abattue... fort abattue... Will, me dit-elle, portez ces lettres chez l'honnête Monsieur Wilson...

LOVELACE l'interrompant avec colère.

Pourquoi les portois-tu? ne t'avois-je pas dit de ne pas la quitter?

WILL mal assuré.

Monsieur!... je n'ai pu m'en défendre...; (d'un air très-naturel:) vous savez que l'on ne résiste pas aisément à Miss Clarisse,... et si vous aviez vu la manière gracieuse et touchante dont elle m'en a prié, peut-être vous me pardonneriez. (Il se relève peu à peu, et Lovelace baisse son épée.)

LOVELACE à part, avec impatience.

L'ingrate! elle aura fait usage de ces graces perfides dont les hommes sont toujours dupes. (A Will, d'un air insinuant:) Où sont ces lettres qu'elle t'a données pour Wilson?

WILL d'un air officieux.

Ho! Monsieur! les voici. (il les présente.)

LOVELACE, après avoir remis son épée, prend les lettres, lit l'adresse:

A Miss Howe.... A Madame Harlove. (Il

lève les épaules :) Ecrire à sa mère, qu'elle a quittée
pour me suivre ! (ironiquement :) c'est sans doute
pour lui demander l'aimable Solmes pour époux.
Oh ! j'y mettrai bon ordre. (A Will avec l'air insinuant:)
Et n'as-tu pas rapporté quelques lettres de Miss
Howe pour Miss Clarisse ?

WILL troublé.

J'en… avois une ; … mais dans le trouble
où je fus, ne retrouvant pas Madame, … je l'ai…
peut-être… égarée. (Il cherche dans ses poches, va,
vient, entre dans la chambre de Clarisse, et rapporte la lettre.)
la voici, … elle étoit tombée là-dedans…

LOVELACE lui jette un regard de reproche, et lui montrant la lettre avec finesse, lui dit :

C'est donc ainsi que tu m'obéissois! … (à part.)
Il s'en est peu fallu que cette lettre ne m'échap-
pât. (Il élève la voix.) Songe à présent qu'il faut
m'apprendre où Miss Clarisse peut s'être retirée…
tu m'en réponds sur ta vie.

WILL avec vivacité.

Oh ! Monsieur ! Miss Clarisse est assez près
d'ici ; elle est entrée chez une M^{de}. Smith ,
parfumeuse , ses jambes n'ayant pu la porter
plus loin. Je suis venu le dire à M^{de}. Sainclair,
qui est sortie depuis un peu de temps, en assurant
qu'elle la ramèneroit morte ou vive ; car elle
a une terrible peur que Miss ne la dénonce aux
magistrats.

LOVELACE *d'un air menaçant.*

Je le crois bien !... cette infâme mérite la mort, ne fût-ce que pour n'avoir pas su garder ma Clarisse... Et toi ! maraud ! je ne sais si, après tant de sottises, je dois encore te conserver ma confiance. (*Il lui tourne le dos; Will sort.*)

SCÈNE V.

LOVELACE *seul.*

AH ! je respire ! et je suis un peu remis de ma frayeur... Quoi qu'il en soit, Miss Clarisse n'est plus en mon pouvoir; et si la Sainclair ne la ramène pas, il faudra que je fasse encore jouer mes grandes machines : car, comment vivre sans Clarisse?... (*d'un air plus gai :*) Le charmant pis-aller que le mariage avec une fille comme elle ! (*d'un air plaisant :*) Mes bons amis riront de ma folie; je tâcherai d'en rire aussi : il faudra bien égayer mon ménage. (*avec réflexion :*) A propos! cette lettre de Miss Howe, dont je suis presque devenu l'interprète, que dit-elle donc? (*en riant :*) La maligne et folle créature que cette fille-là ! Si quelque jour j'ai le temps de l'aimer, ce sera à cause de sa méchanceté. (*il semble réfléchir :*)

Avoir les deux cousines, l'une pour épouse et
l'autre pour amie,... c'est le moyen d'être heureux. Oh ! le projet est digne de moi... Elles
s'aiment bien,... oui ;... mais la jalousie !...
ah ! ah ! la jalousie bientôt les brouilleroit...
cela seroit plaisant !... la bonne idée ! j'y reviendrai. (Il ouvre la lettre et lit :)

A Miss Clarisse Harlove.

Ma tendre amie, plus je réfléchis sur la lettre
que vous m'avez écrite de chez Madame Moore,
relativement à l'aventure du feu, plus je vois
de raisons de vous méfier de cet effronté Lovelace. Le misérable ! (il s'interrompt :) Qu'elle est
douce, la mignonne ! (Il poursuit :) Le misérable!
s'il avoit résolu de brûler toute une ville, au
lieu d'une maison, je crois qu'il l'entreprendroit
pour en venir à ses fins. (Il s'interrompt, et dit plaisamment :) Elle devine assez juste. (Il poursuit.)
J'avois fort bien prévu que ce Tomlinson étoit
un autre fripon ; mais ce qui met le comble
aux infamies de votre libertin, c'est que je viens
d'apprendre que ses parentes Lawrance et Montaigu n'ont pas quitté Milord Médian son oncle,
notre voisin. Tenez-vous de plus en plus sur
vos gardes; car ce démon (il s'interrompt avec colère :)
Mais où va-t-elle chercher ses épithètes ? (Il
continue.) car ce démon découvre chaque jour
quelque nouvelle griffe. Souvenez-vous qu'il

n'a pas craint d'escalader les murs du parc de Milord Harlove, pour vous surprendre au jardin. Adieu, ma chère. J'entends ma mère gronder. Entre nous, je la crois un peu jalouse de l'amitié que j'ai pour vous; et c'est sans doute un reste de la maladie qui me retient auprès d'elle. Je vous conseille encore le mariage, si vous y voyez quelque jour, sans compromettre votre honneur. Mon serviteur Hickman vous fait ses salutations très-humbles, et moi je vous embrasse.

(Pause ; Lovelace reprend avec dépit :)

Mais voyez cette Miss Howe avec ses airs de blâme, d'approbation et de conseil ! (avec profondeur :) tu mériterois, petite sotte, que je t'attirasse aussi chez M^{de}. Sainclair. Nous verrions un peu quelle seroit ta résistance. (avec présomption :) Je me trompe fort , ou ce Lovelace que tu drapes si bien, ne t'est pas aussi indifférent que ton tendre amoureux Hickman. (d'un air plaisant :) Il est joli, ce Monsieur Hickman ! oh ! c'est un parfait honnête homme ! (en riant :) Je crois le voir arriver chez Miss Howe, avec son air empesé et lourd, se frottant le menton, en attendant que l'esprit lui soit venu , pour faire un doucereux compliment à sa pétulante maîtresse; tourner en rond, chiffonner son bel habit, ses roides manchettes, avant que d'avoir pu le joindre ; car c'est un écureuil pour la vivacité, que cette fille... Elle est ma foi très-bien ; et il seroit fort à propos de lui donner quelques leçons d'humanité ; (avec hauteur) le vertueux Hickman ne s'en trouveroit pas plus mal.... Mais, je ne vois pas revenir la Sainclair ! je cours chez Madame Smith. (Il fait quelques pas pour sortir, et est arrêté par Belford, qui entre précipitamment.)

SCÈNE VI.

LOVELACE, BELFORD.

BELFORD avec douleur.

Oh ! mon ami ! quel malheur ai-je à t'apprendre !

LOVELACE revenant sur la Scène.

Tu me vois encore interdit de ce qui s'est passé pendant mon absence ; mais je suis plus tranquille, depuis que Will m'a appris que Miss Clarisse n'est pas loin d'ici ; et la Sainclair...

BELFORD l'interrompt avec vivacité.

Ne me parle donc pas de cette infâme créature ; je suis trop vivement ému de ses affreux procédés.

LOVELACE avec ironie.

Belford! tu ne penses donc pas qu'elle s'est conduite par mes ordres!

BELFORD surpris.

Par tes ordres!.... (Pause ; il ajoute d'une voix altérée :) Mais non, Lovelace, je ne te crois pas capable d'une pareille bassesse... Je t'ai disculpé autant que je l'ai pu auprès de Miss Clarisse ; car je sens que tu ne peux être et mon ami, et le plus lâche des hommes... (avec indignation :) Si je trouvois en toi ce que rejette ma pensée!... vois-tu cette arme ! (il met la main sur la garde de son épée.) je l'enfoncerois tout-à-l'heure dans ton sein.

LOVELACE avec dignité.

Expliquons-nous, de grace!... je ne comprends rien à ton langage ;.... mais tu me trouveras toujours prêt à te répondre.

BELFORD animé.

Jamais je n'ai douté de ton courage ;.... réponds à ton ami, et nous verrons après.... (plus doucement :) Si la Sainclair s'est jusqu'ici conduite par tes ordres, a-t-elle reçu de toi celui de faire traîner ta Clarisse en prison pour des dettes?

LOVELACE stupéfait.

En prison!... pour des dettes!... ma Clarisse!... objet de mon idolatrie!... (avec dignité:)
Belford! tu me connois! je réponds : Non...

BELFORD.

Tu me rassures.

LOVELACE très-vivement.

Mais dis-moi!... dis-moi donc!... raconte-moi, cher Belford, cette trame horrible... En prison! ah! quel malheur!

BELFORD avec un peu de vivacité.

Après avoir visité notre ami Belton, je courois dans Londres pour terminer quelques affaires. J'apperçus beaucoup de peuple assemblé à la porte d'un archer nommé Rowlands ;... il venoit, m'a-t-on dit, de rentrer chez lui avec une jeune et belle dame qui sembloit accablée de chagrin (*) ; sans doute, ajoutoit-on, parce qu'elle n'avoit pu payer une somme de cent cinquante livres sterlings, pour laquelle elle se voyoit arrêtée... Ce récit m'intéresse, ... je perce la foule, j'entre, je demande à Rowlands

---

(*) M. l'Abbé Prevost assure qu'à Londres les personnes arrêtées pour dettes, ne sont point conduites d'abord en prison, mais chez l'archer qui les arrête ; il les loge dans des chambres destinées à cet usage ; et si le débiteur ne satisfait pas son créancier pendant le peu de jours qu'on lui accorde pour cela, alors il est conduit en prison.

le nom de sa prisonnière : — On l'appelle Clarisse, répond l'archer. — Clarisse ! dis-je étonné... Qui fait arrêter cette dame ? (Lovelace est sur les épines, et donne des marques de son impatience pendant tout ce récit.) — Une autre nommée Sainclair. — Sainclair !... mais je connois tout ce monde.... Ne pourrois-je parler à Madame Sainclair ? — Monsieur, dit l'archer, elle vient de sortir. — Mon cher Monsieur Rowlands , il me tarde d'éclaircir tout ce mystère ; ... voilà des billets de banque pour les cent cinquante livres sterlings dues par Miss Clarisse : de grace ! permettez que je la voie... (Plus posément.) Nous montons par un escalier noir et dégradé , dans le galetas le plus affreux, ... à peine la clarté du jour y perce-t-elle en plein midi.... Là, j'ai vu Clarisse à genoux devant une table vermoulue , les deux bras étendus sur la table , sa tête appuyée sur ses bras ; elle étoit immobile et plongée dans la plus sombre rêverie ; pâle, défigurée, sa coiffure en désordre , son corset presque délassé...

LOVELACE avec horreur.

Cesse donc ! cesse donc ! cruel Belford ! de me déchirer l'ame par cet horrible tableau ! Ne perdons pas un instant, au nom de Dieu ! conduis-moi aux pieds de cet ange... Mon cœur saigne de l'odieux traitement qu'elle a éprouvé...

(avec

(avec fureur.) Je ferai tomber sur la Sainclair ma vengeance et l'expiation de ces maux.

BELFORD avec sensibilité.

Le temps de reparoître aux yeux de Clarisse n'est pas encore venu pour toi : laisse-moi la calmer. Je crois lui avoir inspiré quelque confiance; ne vas pas renverser, par une démarche précipitée, ce que je me promets de mes soins.

LOVELACE avec douleur.

Eh bien! poursuis donc ton affreux récit.

BELFORD.

Est-ce là, dis-je à Rowlands, le lieu où vous deviez placer cette dame? — Elle a refusé notre chambre; il ne nous restoit que celle-ci à lui offrir, me répondit l'archer... Ce bruit a tiré Clarisse de sa rêverie; et tournant ses yeux vers moi, sa main m'a fait signe de m'éloigner : puis m'envisageant un peu mieux, elle me dit: N'êtes-vous pas M. Belford?...—Oui, Miss! et j'ai toujours adoré vos vertus. Je viens vous annoncer la liberté, et vous engager à me suivre. —Pour me livrer, sans doute, à votre ami Lovelace, reprit-elle avec feu... Non! non!... je puis mourir ici;... je n'y vois point l'homme ni les cruelles femmes qui se sont faits un jeu de mes malheurs... Alors elle a senti quelque

D

défaillance... Rowlands, sa femme et sa servante lui prodiguèrent leurs secours, et la pla-
cèrent sur un méchant grabat qui se trouvoit là...
Lorsqu'elle m'eut paru remise , je m'appro-
chai de son lit, et je lui dis : Regardez-moi,
belle Clarisse ! je n'ai jamais souillé mon ame
par d'indignes forfaits : le hasard, la pitié m'ont
conduit dans ce lieu de ténèbres : jamais je
n'aurois cru vous y trouver.... acceptez mes
offres ; déja vous êtes libre : dites où vous voulez être conduite, et je vais faire avancer des
porteurs. Je vous escorterai , et personne ne
viendra jusqu'à vous qu'après m'avoir arraché
la vie.... Ces mots ont paru l'encourager....
Comment, disoit-elle, voulez-vous que je me
confie à vos soins généreux ? n'êtes-vous pas
l'ami de M. Lovelace ?... (avec chaleur.) — Oui,
Miss, mais je ne suis point l'ami de ses injustices.... Je te fais grace de nos autres débats.
Enfin elle s'est fait conduire chez M^{de}. Smith,
où on l'avoit prise. Je lui ai promis que tu ne
l'approcherois pas sans sa permission. Laisse là
quelques jours à elle-même , et ne vas pas aug-
menter ses peines par ta présence.

LOVELACE avec feu.

Ah ! tu me rends la vie, en me rassurant sur
le sort de ma bien-aimée ; mais que dis-tu de
sa santé ?

BELFORD.

Elle est bien foible : faut-il s'en étonner, après tous les assauts qu'elle essuie coup sur coup?

LOVELACE avec chaleur et enthousiasme.

Depuis que je l'ai perdue, je sens un vide affreux : tous mes membres palpitent au souvenir de mes injustices. Ah! reviens à la vie, divinité de mon ame! Qu'est-ce que la lumière sans toi? Tout ce qu'il y a de splendeur, de charmes et de joie dans l'univers, n'est pour moi qu'une partie de toi-même. Reviens donc! ah! reviens faire encore le bonheur de ton Lovelace, qui sent par ta perte tout le prix du trésor qu'il a négligé. (A Belford avec sensibilité.) Pardonne, cher Belford, le délire de mes sens: jamais! non, jamais je ne fus plus vivement affecté, je te jure!

BELFORD.

Conserve donc ces sentimens, pour faire le bonheur de cette vertueuse fille, si le ciel te la rend. Rentre chez toi, et ne vas pas te compromettre avec la Sainclair lorsqu'elle reviendra.

LOVELACE avec feu.

Quoi! je souffrirois que ce monstre vît le jour!

BELFORD.

Rentre chez toi, te dis-je ; ou je cesse de veiller
à tes intérèts auprès de Clarisse.

LOVELACE avec chaleur.

Clarisse ! fille adorée ! vous ne recevrez plus
que mes respects ! (en se retirant.) Belford ! viens !
que je te remette les cent cinquante livres sterlings.

BELFORD avec dignité.

Je ne les prendrai que quand Miss Clarisse
sera Madame Lovelace. Je retourne vers elle ;
crois-moi ! rentre chez toi ! (Lovelace se retire.
Belford étant vers la porte de sortie , appelle :) Hola !
quelqu'un ! (On vient.) Prenez ces malles et les
portez chez M^{de}. Smith , ici près. (Il sort. On
emporte les malles de Clarisse ; la Sainclair entre par un autre
côté.)

SCÈNE VII.

Madame SAINCLAIR , WILL.

M^{de}. SAINCLAIR ôtant sa mante.

ENFIN ! me voilà plus tranquille : je m'ap-
plaudis de l'avoir fait arrêter ; une heure plus
tard, sans doute, j'étois prise... Au moins M.

Lovelace saura où la trouver. Il peut lui chercher un appartement ailleurs que chez moi...
Je ne veux plus de cette femme; elle nous feroit
devenir folles.

WILL entre en courant.

Sauvez-vous! sauvez-vous, Madame Sainclair! mon maître est dans une fureur extrême!
s'il vous rencontre ici, vous êtes morte.

Mde. SAINCLAIR effrayée.

Ah Dieu! Ah Dieu! (avec profondeur.) Jamais
je n'obligeai que des ingrats! (Elle sort d'un côté,
et Will de l'autre.)

FIN DU SECOND ACTE.

ACTE TROISIÈME.

La Scène est chez M^{de}. Smith, parfumeuse. Le théâtre
représente l'intérieur d'une grande chambre, et l'on
doit y appercevoir la porte d'une autre chambre,
dans laquelle le lit de Clarisse est sensé se trouver.
Le mobilier visible consistera en quelques fauteuils,
dont un grand, en forme de confessionnal, où Clarisse sera assise pendant tout le cours de cet Acte ;
en une table garnie de ce qu'il faut pour écrire : et
l'on verra les malles qui ont été apportées de chez
M^{de}. Sainclair , etc. On doit entrer dans cette
chambre par le côté qui répond à la boutique de
M^{de}. Smith : et l'on peut figurer vers cette entrée
des ustensiles de parfumeur.

SCÈNE PREMIÈRE.

CLARISSE, M^{de}. SMITH.

CLARISSE est assise dans un grand fauteuil, en face du
Public, à côté d'une table où elle vient d'écrire, et sur
laquelle on voit trois paquets cachetés.

HÉLAS! que je suis foible! je crois que toutes
ces écritures, (elle prend les paquets, les regarde, les
place derrière elle l'un après l'autre.) en soulageant mon
cœur, nuisent encore à mon repos. (Avec douleur.)

Il n'en est plus pour moi, après tous les malheurs que je me suis attirée. Sortir d'une prison ! est-il rien de plus affreux ?

Mde. SMITH paroissant.

Belle Clarisse ! un étranger est venu pour s'informer de votre santé ; il vous apporte, dit-il, des nouvelles de Miss Howe, et de quelqu'un que vous aimez bien. Ignorant si vous vouliez lui parler, je lui ai dit que vous reposiez, mais qu'il pouvoit repasser, et que je vous préviendrois sur sa visite.

CLARISSE d'une voix foible.

Que j'ai de reconnoissance pour toutes vos attentions ! Je ne veux voir que vous et l'obligeant M. Belford. Si par hasard l'étranger qui doit venir, disoit qu'il s'appelle Hickman ou Morden, vous pouvez me l'amener. Mais si c'étoit un jeune cavalier, vif, audacieux, d'une aimable figure, et qu'il se nommât Lovelace, au nom de Dieu, Madame Smith, ne le laissez pas entrer ; il est l'auteur de tous mes maux ; et c'est sans doute une tentative qu'il fait pour s'introduire ici.

Mde. SMITH.

Miss ! comptez sur mes soins… Comment vous sentez-vous ?

CLARISSE avec douleur.

Mon heure approche, Madame Smith ; je m'abandonne à vos soins maternels ; car je ne puis espérer qu'aucun de mes parens vienne assez-tôt pour me fermer les yeux. (elle élève ses mains.) Malheureuse Clarisse ! tel est le fruit de ta désobéissance ! (à M^{de}. Smith.) Toute ma vie s'étoit passée auprès de mes parens ; j'étois heureuse par la tendresse qu'ils me portoient : une faute m'a ravi leur amitié, après laquelle je soupire ; (avec une sensibilité profonde.) mais ce sentiment que je leur ai voué, restera dans mon cœur jusqu'à mon dernier souffle. (avec douleur.) Ingrat Lovelace ! m'avoir arraché l'honneur, ou plutôt la vie ! Affreuse Sainclair ! dans quel lieu d'horreur tu m'avois fait traîner, après tant d'autres outrages !

M^{de}. SMITH émue.

Oubliez, s'il se peut, vos chagrins, pour ne penser qu'à vous rétablir.

CLARISSE.

Les maux du corps ne sont rien pour moi ; mais ceux du cœur et de l'esprit ne se guérissent pas comme les autres.... Eh ! que ferois-je à présent de la vie ? (On entend du bruit ; M^{de}. Smith ouvre la porte à M. Belford, et se retire.)

SCÈNE II.

CLARISSE, BELFORD.

CLARISSE fait un vain effort pour se lever en le voyant
entrer.

PARDONNEZ! Monsieur! je devrois être de-
bout pour vous remercier de vos soins généreux.
en vérité, j'ai eu bien tort de m'être fait presser
pour revenir ici; c'est un séjour de paix en com-
paraison des tristes lieux que j'ai quittés. Je ne
vois que d'honnêtes gens autour de moi.

BELFORD.

Miss, en ce cas, il ne tiendra qu'à vous d'être
heureuse. Cependant j'apperçois dans vos yeux
des traces de douleur... ou de fatigue.

CLARISSE.

A la vérité, ne pouvant goûter le repos, j'ai
mis ordre, pendant votre absence, à quelques
affaires; et j'attendois votre retour pour vous
remettre ce paquet: (elle lui en donne un.) il contient toutes les lettres que j'ai reçues de votre
ami. Comparées avec ses actions, elles feroient
peu d'honneur à son sexe; c'est pourquoi je
vous prie de les lui rendre.

BELFORD *avec vivacité.*

En me chargeant de lui remettre ces gages
d'un amour qu'il ressent plus que jamais, c'est
m'ordonner, vertueuse Clarisse, de lui porter
le poignard dans le cœur. Si vous saviez quelles
angoisses il a souffert par le récit que je lui ai
fait de votre dernier malheur, vous ne voudriez
pas aggraver celui qu'il ressent de vous être
odieux.

CLARISSE *avec sensibilité.*

J'aime les effets d'une vive amitié dans l'un
et l'autre sexe ; et je veux croire, puisque vous
l'assurez, que M. Lovelace est innocent de ma
détention. S'il a quelque regret de ses injustices
à mon égard, la preuve la plus certaine qu'il
pourroit m'en donner, seroit de ne plus paroître
devant moi. Dites-lui que je souhaite d'être la
dernière victime de ses égaremens ; et que,
malgré l'amertume de mon cœur, je demande
pour lui au Dieu des vengeances, la pitié qu'il
n'a pas eue pour moi.

BELFORD *avec sensibilité.*

Je n'oublierai jamais les sentimens généreux
dont vous me donnez l'exemple.

CLARISSE *l'interrompt avec vivacité.*

Que n'ai-je pu vous le donner plus tôt ! j'aurois sans doute appris de vous, qui connoissiez

tous les desseins de votre dangereux ami sur moi, à savoir m'en préserver... (*avec amertume.*) Mais... je vois qu'entre les hommes, la séduction d'une fille innocente, est un mal plus léger que l'infidélité pour le coupable secret d'un ami... (*Elle porte son mouchoir à ses yeux.*)

BELFORD *avec feu.*

Adorable Clarisse ! vous m'ouvrez les yeux sur les devoirs les plus sacrés.

CLARISSE *avec une extrême douleur.*

Avouez qu'il est bien cruel de se voir arracher l'honneur, faute d'un charitable avis!... (*elle pleure.*) Cessons de nous entretenir sur un sujet qui ne peut qu'amener des plaintes justes, mais trop tardives. (*avec plus de tranquillité.*) Puisque j'ai pu mériter votre pitié, ayez encore pour moi un peu de complaisance dans ces derniers instans.

BELFORD *avec chaleur.*

Oh ! dites-moi, comment je pourrai vous servir ! faut-il porter vos lettres, rendre visite à vos parens, à vos amis ? Parlez! vous avez droit à tous mes bons offices : ma vie et ma fortune sont à vous.

CLARISSE *attendrie.*

Que vous m'encouragez!... Vous connoissez ma trop fatale histoire. Quoique, graces au ciel, je sois encore sous l'autorité des auteurs de ma vie, je jouis d'un bien libre et d'un gros revenu. (elle paroît s'affoiblir en expliquant ses intentions.) Vous me voyez livrée à ces honnêtes étrangers; (elle montre la boutique de M^{de}. Smith) mais quels secours pourrois-je en espérer pour ma mémoire? Votre naissance, et plus encore vos sentimens, m'enhardissent à vous prier d'être le dépositaire de mes volontés, et de veiller à l'exécution de quelques-uns de mes desirs. Ce paquet (elle prend les deux qui lui restent, en donne un.) contient mon testament. Je ne fais point de tort à mes héritiers naturels ; mais la générosité de mon père m'ayant permis d'accumuler mes revenus pendant plusieurs années, j'en ai disposé (elle le regarde avec confiance) pour acquitter quelques dettes, et pour laïsser à mes amis de foibles marques de ma reconnoissance. (elle semble pleurer, prend son dernier paquet, et continue d'une voix plus foible.) Cet autre paquet contient des lettres pour les personnes que j'ai le plus chéri; après ma mort vous l'ouvrirez, pour remettre à chacun mes tendres adieux. (Elle s'évanouit.)

BELFORD très-ému.

Fille adorable! cœur juste et vertueux! vous serez fidèlement obéie. (avec une vive inquiétude.) Vos yeux se ferment!... (il court vers la porte, et dit avec force:) Madame Smith! venez à nous...

S C È N E   I I I.

CLARISSE, BELFORD, Mde. SMITH,
sa Servante, le Colonel MORDEN.

(Clarisse reste évanouie pendant le tiers de cette scène ; Mde.
Smith et sa Servante lui prodiguent leurs soins, et se tiennent
du côté opposé à celui de M. Belford ; la Servante va et
vient, apporte des sels, des cordiaux, en pose sur la table, etc.

BELFORD voyant entrer Mde. Smith.

MA chère Madame Smith ! vîte à notre secours ! voyez en quel état est cette infortunée !
Cruel Lovelace ! jamais nous ne pourrons l'arracher au danger où tu l'a mise !

Mde. SMITH tenant Clarisse appuyée contre elle.

Monsieur Belford, j'ai quitté dans ma boutique un étranger qui se nomme Morden ; il
est cousin de Miss Clarisse, et demande à lui
parler. Il s'étoit présenté il y a quelques instans ; je l'ai prévenue (elle montre Clarisse.) sur sa
visite, et elle consent à le voir. Obligez-moi
d'aller le préparer à la situation où il va la trouver.
(Belford sort un moment.... Petite pause, pendant laquelle
Mde. Smith dit, après avoir considéré Clarisse avec attendrissement:) Ah Dieu !... Ah Dieu !... Que je re-

grette d'avoir connu une femme aussi intéressante et aussi malheureuse ! Mais le ciel me
l'envoie, mes soins ne lui manqueront pas...
Avoir à se plaindre des hommes, dans un âge
si tendre !... avec tant de beauté, ... tant de
graces !.... A quels tourmens la beauté nous
expose !...

BELFORD rentre avec le Colonel Morden.

Puisque vous voulez être témoin d'une scène
aussi affligeante , voyez si vous reconnoîtrez
cette cousine que vous avez quittée depuis trois
ans.

Le Colonel MORDEN la regardant avec surprise et
émotion.

Bon Dieu ! en quel état je la retrouve ! (il
joint les mains.) Mais! Monsieur! ne reste-t-il plus
d'espérance ? a-t-on vu les médecins ? qu'en
pensent-ils ?... Je m'apperçois que ces bonnes
gens (il regarde M^{de}. Smith et sa Servante.) ont pour
elle toutes les attentions imaginables.

Mde. SMITH.

Eh! qui pourroit lui refuser ses adorations ?...
Miss Clarisse ne veut voir que nous et M.
Belford ; son seul mal, à ce qu'elle dit, vient
d'une extrême foiblesse et d'une agitation d'es-
prit , qui ne lui laissent goûter aucun repos.
(Elle donne des soins à Clarisse.) . . . .

Le Colonel MORDEN.

J'entends par-tout ses louanges, et cela double
mon chagrin. (A Belford , avec un peu d'impatience.)
Comment Monsieur Lovelace a-t-il pu la brouil-
ler avec sa famille qu'elle adoroit?

BELFORD avec vivacité.

Et comment ses cruels parens ont-ils pu penser à lui donner pour époux un homme qu'elle
haïssoit ? l'un n'est pas moins incompréhensible
que l'autre.

Le Colonel MORDEN avec vivacité.

Ah! ne me parlez pas des parens de Clarisse!
ce sont des cœurs de marbre. Dès que j'eus mis
le pied en Angleterre , mon premier soin fut de
les aller voir. Ils m'ont appris les fautes de ma
cousine ; mais dans une visite que j'allai rendre
à Miss Howe , j'achevai de me convaincre que
cette chère enfant n'est devenue coupable que par
l'excès de leur obstination. J'ai tenté, mais en
vain, de les ramener vers elle. Oh! que je me
reproche les instans que j'ai passé près d'eux. Si
j'étois arrivé plus tôt à Londres, peut-être j'aurois
pu la sauver.

CLARISSE revient à elle; le Colonel se retire derrière
son fauteuil.

Que je suis assoupie! Ai-je dormi long-temps?

(A Belford, qui fait quelques pas en arrière.) Ne sortez pas, Monsieur! je crois, mes chers amis, que vos soins obligeans finiront bientôt.

BELFORD à Clarisse.

Si Monsieur Morden venoit ici, je me figure, Miss, que vous ne seriez pas fâchée de le voir.

CLARISSE avec vivacité.

Seroit-il à Londres, ce cher tuteur?

BELFORD.

Oui, Miss; et s'il n'avoit appréhendé de vous surprendre...

CLARISSE l'interrompant.

Rien, rien, Monsieur! ne peut me surprendre à présent. (Belford faisant quelque pas vers la porte.) Sortez-vous, M. Belford? seroit-ce M. Morden qui vous fait appeler?

BELFORD.

Je crois l'entendre. (Il va chercher le Colonel derrière le fauteuil de Clarisse.)

CLARISSE.

En quel état il va me voir!

Le Colonel MORDEN passant du côté de Clarisse, se baisse vers elle, qui fait un vain effort pour se lever.

Aimable Clarisse! je ne me pardonnerai jamais d'être resté si long-temps loin de vous.

CLARISSE

CLARISSE émue.

Je n'espérois plus la faveur que je reçois, et je suis ravie que vous me donniez l'occasion de vous remercier de vos génereuses bontés. Les excellens conseils que vous m'adressâtes de Florence sont arrivés trop tard; j'étois déja coupable de la désobéissance que vous vous efforciez de prévenir.

Le Colonel MORDEN avec affection.

Ne parlons plus du passé. Je suis vivement affligé de vous trouver malade. Si vos parens, que j'ai quittés depuis peu, le croyoient, peut-être …

CLARISSE l'interrompt, avec le sentiment de l'espérance.

Peut-être! j'aurois reçu quelques marques de leur compassion … (avec la vivacité la plus tendre:) Monsieur, dites-moi! comment les avez-vous laissés ?

Le Colonel MORDEN avec indifférence.

Leur santé est parfaite.

CLARISSE avec tendresse.

Que je vous trouve heureux! vous avez vu ma mère! ah! quelle mère!

Le Colonel MORDEN.

Elle n'a pu faire pour vous ce que son cœur

E

lui conseilloit ; et Milord Harlove gêne un peu sa tendresse.

CLARISSE.

Hélas ! je le sais !... sans doute il a de justes raisons pour cela ; car, je l'ai toujours trouvé si bon, si généreux !... cruelle ambition ! quels maux tu m'as causés... (avec sentiment :) Et que faisoient mon frère, ma sœur ?

Le Colonel MORDEN.

Votre sœur me paroîtroit fort aimable, sans son caractère envieux et jaloux. Elle a bien raison d'aimer votre frère ; ils se ressemblent à merveille sur ce point.

CLARISSE.

Malgré toutes les peines qu'ils m'ont faites, je les aime toujours.... Ils ont eu la tendresse de mon père et de ma mère avant moi, et je leur pardonnerois de ne pas voir avec plaisir le partage d'un bien aussi précieux, s'ils employoient pour le conserver des moyens plus légitimes... (par exclamation, mais avec douceur :) Vertu ! présent du ciel que j'adore ! pourquoi tant de foibles mortels se plaisent-ils à t'arracher de leur cœur, tandis que j'éprouve une si douce consolation à te trouver au fond du mien ?

Le Colonel MORDEN.

Ce qui me confond , c'est qu'ils n'aient pas
mieux profité de vos bons exemples.

CLARISSE avec une vive douleur.

Je leur en ai donné un terrible , et qui me
coûte bien cher ! Ah ! Monsieur Morden ! vous
ne connoissez pas l'étendue de mes malheurs !

Le Colonel MORDEN très-vivement.

Eh ! quoi ! auroit-il attenté ?...

CLARISSE l'interrompt avec vivacité.

Je suis seule coupable ! (avec douleur et d'une voix
altérée:) N'ai-je pas quitté mes parens ?

Le Colonel MORDEN avec fureur.

Il a abusé... je saurai l'en faire repentir.

CLARISSE avec feu.

Cher cousin ! n'ajoutez pas à mes maux, celui
d'avoir exposé vos jours par mon imprudence!...
(avec dignité:) J'ai seule le droit de m'en venger...
et votre vie n'appartient qu'à la patrie que vous
servez... Si Monsieur Lovelace m'aime, croyez
qu'il sera bientôt puni de ses égaremens ....
(avec sentiment:) Promettez-moi que vous n'en-
treprendrez rien pour ma défense!...

BELFORD.

Quoique mon ami soit d'un caractère à désapprouver toutes les sollicitations de ce genre, souffrez que je vous représente l'inutilité d'une vengeance qui ne peut réparer des malheurs qui déja retombent sur lui , et qu'au prix de tout son sang il voudroit n'avoir pas causés.

Le Colonel MORDEN *avec feu et dignité.*

O vous ! M. Belford ! qui paroissez homme d'honneur, vous voudriez que j'excusasse des attentats impardonnables ! Si personne ne se chargeoit de venger de tels affronts, que deviendroit la société ? et la jeunesse téméraire n'en seroit-elle pas le fléau, au lieu d'en être l'ornement ?

CLARISSE *avec une douleur profonde.*

Hélas ! combien je sens tout le poids de ma faute ! Voulez-vous donc, M. Morden, achever de me désespérer ? Si M. Lovelace triomphe, c'est moi qui vous assassine, puisque c'est pour moi que vous voulez combattre... (*avec sentiment :*) Promettez-moi de me laisser le soin de ma vengeance.

Le Colonel MORDEN *agité, attendri, dit, après un peu de recueillement.*

Eh bien ! chère Clarisse ! puisque vous le voulez, je vous promets tout, s'il ne paroît pas devant moi... J'ai à vous remettre les sommes qui vous sont dues pour la terre de votre grand-père, et que votre famille vous prie de recevoir.

CLARISSE *très-émue.*

Monsieur ! Monsieur ! je souhaite que cette démarche ne soit pas une preuve que mes parens ne voudroient rien avoir de commun avec moi, si le ciel me condamnoit à vivre plus long-temps. Ah ! je n'eus jamais l'orgueil d'aspirer à l'indépendance !... Mon cher cousin ! arrangez toutes ces affaires avec M. Belford ; (*elle le montre :*) je lui ai donné par écrit mes dernières volontés. (*A M. Belford :*) Pardon ! M. Belford ! si j'avois eu le bonheur de voir plus tôt M. Morden, (*elle tend la main à M. Morden.*) et de lui connoître encore tant d'amitié pour moi, je n'aurois pas eu recours à votre généreuse complaisance.... (*à M. Morden :*) Quoique ami de M. Lovelace, M. Belford est homme d'honneur, et plus propre à rétablir la paix qu'à la rompre... (*Elle s'affoiblit beaucoup.*) Contribuez-y personnellement, M. Morden ! et souvenez-vous que malgré la tendre amitié qui nous unit, rien ne vous autorise à venger des injures que... que... que je pardonne... (*M. Morden lève les yeux, se mord les doigts ; Clarisse continue d'une voix altérée :*) Chargez-vous de mes derniers sentimens pour mon père et ma mère... pour mon frère, pour ma sœur et mes oncles... dites-leur qu'en expirant je bénis toutes leurs bontés... et même leurs rigueurs... (*sa voix se couvre :*) Ma vue se trouble...

E iij

N'est-ce pas la main de M. Morden que je tiens?
(elle la lui presse.) où est celle de M. Belford ?
(elle lui tend la main, celui-ci s'approche et la prend ; Madame
Smith, qui pleure, se met à l'écart ; sa servante est derrière
elle, et placée de manière à ajouter à ce tableau :) Que le ciel
vous comble tous deux de ses bénédictions!...
(sa voix se ranime, et s'adressant à M. Morden :) Vous
verrez ma chère Miss Howe... dites-lui que je
fais les mêmes vœux pour elle... que je l'exhorte
à recevoir pour époux l'honnête M. Hickman...
(en traînant ses paroles:) Elle apprendra par mon
exemple, que l'obéissance à ses parens est le premier devoir d'une fille... et combien les vertus
douces et solides d'un homme sage, sont préféra-
bles aux qualités brillantes d'un aimable libertin...
(Elle quitte leurs mains; sa tête se renverse en arrière : elle
semble morte. M. Belford et M. Morden la portent, sur son
fauteuil, dans le cabinet à côté. Mde: Smith et sa servante sortent en donnant des marques de chagrin.)

BELFORD revient, et dit en traversant le théâtre.

O douleur ! ô douleur ! ô Lovelace ! quel
affreux service à te rendre ! (il sort.)

S C È N E I V.

Le Colonel MORDEN, LOVELACE,
M^de. SMITH, sa Servante.

Le Colonel MORDEN *revenant, le visage et les mains.
levées vers le ciel.*

Bonté du ciel ! soutiens-moi !... Est-ce-là le
sort du plus parfait ouvrage de la nature ?...
(*il se promène d'un air obsédé par la douleur :*) Et c'est
donc pour toujours ! ma chère, mon aimable
Clarisse !... (*avec profondeur et enthousiasme :*)O parens trop cruels ! voilà le fruit de votre avide
ambition ! le ciel vous avoit donné une fille adorable ; ses charmes, ses vertus l'auroient rendue
l'ornement et la gloire de son sexe ; mais vous
avez voulu qu'elle devînt la femme d'un monstre
qui courboit sous le poids des richesses , elle
qui n'auroit demandé pour époux qu'un homme
aimable et vertueux. Vous l'avez forcée de com-
parer Lovelace à son odieux rival. En vain elle
a réclamé dans votre cœur la voix de la nature
et de la pitié, contre un engagement si contraire
à son goût; vous l'avez désespérée par votre in-
flexible autorité.... Barbares! c'est vous qui l'avez

E iv

poussée vers cet audacieux Lovelace !... Ah!
si du moins vous m'aviez permis de lui porter
des marques de votre tendresse , j'aurois versé ce
baume salutaire sur les plaies de son cœur : je
ne l'eus pas guéri ; mais ses derniers instans auroient été moins malheureux.... (après une pause,
il ajoute vivement:) Ses maux retomberont sur vous.
Je reviendrai au château des Harloves avec le
corps de Clarisse ; je le déposerai dans le ca-
veau de ses aïeux , aux pieds de son grand-père.
La tendresse que ce sage vieillard a eu pour
elle, frappera votre souvenir, ranimera la votre. Vous pleurerez , vous gémirez sur la tombe
de votre aimable fille ; et celle qui devoit faire
la joie de vos vieux jours, en va devenir le sup-
plice. (On entend un grand bruit, la porte s'ouvre avec fracas.)
Qu'entends-je ? (Lovelace paroît.)

LOVELACE entrant comme un furieux, paroît avoir
forcé tous les obstacles. Il fait quelque pas en disant avec feu:

Je ne puis résister à une plus longue attente;
il faut, il faut que je la voie.

Le Colonel MORDEN se plaçant entre Lovelace et le
cabinet, dit avec fermeté.

Où courez-vous?

LOVELACE avec feu et s'arrêtant.

Je vais chercher Clarisse... lui jurer le plus
tendre, le plus constant amour ; et mourir à

ses pieds, si je ne puis obtenir d'elle mon pardon, et son aveu pour l'épouser.

Le Colonel MORDEN froidement.

Il est passé le temps de vous en montrer digne... (avec tristesse:) Clarisse n'est plus.

LOVELACE frémissant, frappant du pied.

Clarisse n'est plus ! (plus posément:) eh bien !... je vais mourir près de son lit.

Le Colonel MORDEN avec fermeté.

Arrêtez !... c'est bien assez de l'avoir persécutée jusqu'à sa mort; n'allez pas insulter ses mânes par votre présence !

LOVELACE fièrement.

Qui êtes-vous pour oser me fermer le passage ?

Le Colonel MORDEN avec fermeté.

Et de quel droit venez-vous troubler ici le repos des morts ?

LOVELACE avec fierté.

Mon droit ! je le tiens de l'amour !..... (avec sensibilité:) J'aimois Clarisse; peut-être son cœur étoit à moi : si j'ai eu des torts avec elle, je venois pour les réparer.

Le Colonel MORDEN avec tristesse et fermeté.

Hélas ! je vous l'ai déja dit, Clarisse n'est

plus... elle a péri victime de tous vos artifices.

Le Colonel Morden avec dignité.

Qui vous révéla son histoire, et vous chargea de me reprocher les outrages qu'on vous a dit qu'elle a reçus de moi ?

Le Colonel MORDEN avec dignité.

Je m'appelle Morden; (Lovelace paroît un peu étonné.) J'étois proche parent et tuteur de Clarisse ; voilà mes droits pour connoître tous vos complots. L'honneur m'ordonne d'en tirer vengeance; mais Clarisse, en mourant, vous a compris dans le pardon qu'elle accorda à tous ceux dont elle eut à se plaindre.

Lovelace avec enthousiasme et fureur.

Fille adorable ! oui ! je vous verrai ! quand je devrois immoler à vos pieds le dernier des Har-loves.

Le Colonel MORDEN avec force et dignité.

Ils ne sont point ici, ceux que votre haine a poursuivie dans ce qu'ils avoient de plus cher: mais, tant que je vivrai, le corps de Clarisse ne sera point souillé par les regards de son vil ravisseur. (Il prend du champ, et se rapproche du cabinet où est le corps de Clarisse.)

Lovelace avec feu.

Ainsi donc ma vengeance va commencer par

vous. (Il tire l'épée.) Monsieur Morden! défendez votre vie !

Le Colonel MORDEN après avoir paré avec sang-froid les bottes précipitées que Lovelace lui porte, lui dit :

Monsieur Lovelace ! vous vous livrez à mes coups.

LOVELACE avec feu.

Qu'importe si je péris ? Je déteste la vie ! (Ils se battent toujours , mais plus posément.)

Mde. SMITH accourant , dit avec le cri de la terreur :

Arrêtez donc ! cruels ! voulez-vous faire un sépulcre de ma maison ? (elle voit tomber Lovelace, et se jette avec effroi dans un fauteuil ; sa suivante vient à elle :)

LOVELACE tombe sur un côté, en disant avec fermeté

La fortune est pour vous, Monsieur ! (le Colonel jette son épée , prend un mouchoir , qu'il lui applique sur la poitrine : Belford entre.)

SCÈNE V, ET DERNIÈRE.

Le Colonel MORDEN , LOVELACE,
M^de. SMITH , sa Servante, BELFORD.

BELFORD entre avec précipitation, et dit à Lovelace :

VOILA ! voilà ce que j'ai craint, ne t'ayant
pas trouvé chez toi ! juste Dieu ! vous m'acca-
blez en un seul jour.

LOVELACE à Belford, d'une voix foible , mais ferme.

C'est ma faute, cher Belford ! j'ai voulu voir
Clarisse, malgré ce brave militaire... (à M. Morden:)
vous l'avez bien vengée ! (il lui tend la main. M^de.
Smith et sa suivante, revenues de leur frayeur, approchent un
fauteuil contre lequel on appuie Lovelace.)

Le Colonel MORDEN prend la main de Lovelace,
et lui dit avec émotion.

Monsieur, Monsieur ! profitez de ces précieux
instans, et recommandez - vous au ciel. Pour
moi , je gémirai toute ma vie des malheurs dont
je viens d'être le témoin.

LOVELACE d'une voix entrecoupée , mais ferme.

Recevez cette expiation !... adorable Clarisse !... fille divine ! jettez sur moi du haut

des célestes demeures que vous habitez, un
regard favorable !... Le Dieu qui vous ravit
à mes ardens desirs, ne m'a pas jugé digne de
vous posséder... et me punit de mon ingrati-
tude... Ainsi ... les maux ... que cause le méchant ... tôt ou tard retombent sur lui. (La tête
de Lovelace baisse sur sa poitrine, il semble mort. Tous les
acteurs donnent des signes de douleur; la toile tombe.)

Fɪɴ ᴅᴜ ᴛʀᴏɪꜱɪᴇ̀ᴍᴇ ᴇᴛ ᴅᴇʀɴɪᴇʀ Aᴄᴛᴇ.

Faute à corriger.

Page 48, ligne 22 ; délaſſé, *liſez* délacé.

APPROBATION.

J'ai lu, par ordre de Monseigneur le Garde des Sceaux, un Drame en trois actes et en prose, intitulé : CLARISSE HARLOVE ; et je n'y ai rien trouvé qui puisse en empêcher l'impression. A Paris, ce 22 avril 1786.   ARTAUD.

PERMISSION DU SCEAU.

LOUIS, PAR LA GRACE DE DIEU, ROI DE FRANCE ET DE NAVARRE : A nos amés & féaux Conseillers les Gens tenant nos Cours de Parlement, Maîtres des Requêtes ordinaires de notre Hôtel, Grand-Conseil, Prévôt de Paris, Baillifs, Sénéchaux, leurs Lieutenans Civils, & autres nos Justiciers qu'il appartiendra : SALUT. Notre amé le sieur NÉE DE LA ROCHELLE, Libraire., Nous a fait exposer qu'il desireroit faire imprimer & donner au Public *Clarisse Harlove*, Drame, par M. *** ; s'il Nous plaisoit lui accorder nos Lettres de Permission pour ce nécessaires. A CES CAUSES, voulant favorablement traiter l'Exposant, Nous lui avons permis & permettons par ces Présentes, de faire imprimer ledit ouvrage autant de fois que bon lui semblera, & de le faire vendre & débiter par-tout notre Royaume, pendant le temps de cinq années consécutives, à compter du jour de la date des Présentes. FAISONS défenses à tous Imprimeurs, Libraires & autres personnes, de quelque qualité & condition qu'elles soient, d'en introduire d'impression étrangère dans aucun lieu de notre obéissance, à la charge que ces Présentes seront enregistrées tout au long sur le Registre de la Communauté des Imprimeurs & Libraires de Paris, dans trois mois de la date d'icelles ; que l'impression dudit ouvrage sera faite dans notre Royaume

& non ailleurs, en bon papier & beaux caractères ; que l'Impétrant se conformera en tout aux Réglemens de la Librairie, & notamment à celui du 10 avril 1725, & à l'Arrêt de notre Conseil du 30 août 1777, à peine de déchéance de la présente Permission : qu'avant de l'exposer en vente, le manuscrit qui aura servi de copie à l'impression dudit ouvrage, sera remis, dans le même état où l'Approbation y aura été donnée, ès mains de notre très-cher & féal Chevalier Garde des Sceaux de France, le sieur HUE DE MIROMENIL ; qu'il en sera ensuite remis deux exemplaires dans notre Bibliothèque publique, un dans celle de notre château du Louvre, un dans celle de notre très-cher & féal Chevalier Chancelier de France le sieur DE MAUPEOU, & un dans celle dudit sieur HUE DE MIROMENIL : le tout à peine de nullité des Présentes ; du contenu desquelles vous mandons & enjoignons de faire jouir ledit Exposant & ses ayans cause, pleinement & paisiblement, sans souffrir qu'il leur soit fait aucun trouble ou empêchement. VOULONS qu'à la copie des Présentes, qui sera imprimée tout au long au commencement ou à la fin dudit ouvrage, foi soit ajoutée comme à l'original. COMMANDONS au premier notre Huissier ou Sergent sur ce requis, de faire pour l'exécution d'icelles tous Actes requis & nécessaires, sans demander autre permission, & nonobstant clameur de Haro, Charte Normande, & Lettres à ce contraires : Car tel est notre plaisir. Donné à Paris le vingt-quatrième jour du mois de mai, l'an de grace mil sept cent quatre-vingt-six, & de notre règne le treizième. Par le Roi en son Conseil.

LEBEGUE.

Registré sur le Registre XXII de la Chambre Royale & Syndicale des Libraires & Imprimeurs de Paris, n°. 677, fol. 560, conformément aux dispositions énoncées dans la présente Permission, & à la charge de remettre à ladite Chambre les neuf exemplaires prescrits par l'Arrét du Conseil du 16 Avril 1785. A Paris, le trente mai 1786.

FOURNIER, Adjoint.

9 782329 262222